btb

Hey, hey, hey, TAXI!

Saša Stanišić

Katja Spitzer

btb

VORORT

Da geht es schon los, warum denn Vorort, ist das ein Fehler, es heißt doch *Vorwort*, und wozu braucht ein Kinderbuch überhaupt ein Vorwort? Braucht es nicht, und ich melde mich auch nicht als Autor, sondern als Vorleser, ein Verbündeter also.
Ich möchte Dir, liebe*r Vorleser*in, meine Erfahrungen mit den Taxigeschichten mitteilen, die ich meinem Sohn fast täglich erzähle. Die Geschichten sind fast alle spontan entstanden, beim Zähneputzen mit ihm, beim Wandern, vorm Einschlafen. Ich habe nicht überlegt, was *gelernt* werden soll oder *gefühlt*. Meine Ziele waren: erfreuen, gut verwirren, zum Miterzählen animieren, Bilder für Erfahrungen schaffen, die das Kind umtreiben: Angst, Mut, Trotz, Verlust, Kameradschaft, Gerechtigkeit.
Im Zuhören ist ein Kind Architekt für Welten aus Sprache. Auch solche, die unserer Welt kaum ähneln, bevölkert von magischen Wesen und seltsamer Physik. Als Vorleser will ich, so gut ich kann, die Welten mit Leben füllen. Das Schauspiel gelingt, wenn es mit Gewohnheiten und Vorurteilen bricht – wenn es überrascht. Der schreckliche Drache lispelt und der ängstliche Zwerg hat eine tiefe Stimme. Ich selbst klinge anders, je nachdem, in welchen Schlamassel ich gerate.
Ja, »ich«, denn ein Ich erzählt die Taxigeschichten. Dieses Ich bin für meinen Sohn – ich. Ich, der eine Zeit lang viel gereist ist und dessen Reise mit dem Einstieg in ein Taxi begann und damit endete, dass er das Taxi verließ und nach Hause kam.
Dass dieses Ich nicht Du sein kann, liebe*r Vorleser*in, das ist klar. Vielleicht verreist Du selten und fährst auch selten Taxi. Das Ich könnte für Euch also ein Paul sein oder eine Fatima. Wenn auch Du »ich« sagst, dann wirst Du mit den Riesen und den Piraten unterwegs sein. Und das ist vielleicht ziemlich schön.

Mein Sohn fuhr zuhörend mit mir meist durch die Stadt – Geschichten auf dem Land fand er aber gerade deswegen super, weil wir dort selten sind. Vielleicht lebt Ihr in einem Vorort, und das wird der Hauptort für Eure Welt?
Was ich sagen möchte: Lies bitte meine Geschichten als lose Vorgaben für Deine und Eure Geschichten. Eigne sie Dir so an, wie sie für Euch passen. Ändere sie! Baue die Variablen Eurer Welt in diese meine.
Stell dem Kind beim Vorlesen Fragen (wenn es das mag). Mein Sohn kann sich keine Taxigeschichte vorstellen, in der er nicht selbst als Figur auftritt, um etwa einen Fisch zu retten, der vergessen hat, wie man schwimmt. Oder mich, der vergessen hat, welcher Weg nach Hause führt. Und dort sollte wirklich immer einer hinführen.

Viel Freude beim Vorlesen und Zuhören!

Saša Stanišić

Taxi

UNSERE STRASSEN

Hey, hey, hey, ich steige in ein Taxi und sage: »Zum Flughafen!« Und wir fahren los, fahren durch unsere Stadt, da sind unsere Straßen, da ist unser Fluss, da der Park, da ist unser Miteinander, unser Frohsinn, da sind unsere Spiele, unsere Sorgen, unsere Wünsche, unsere Läden und Lautstärke, unsere Ampeln, und da sind unsere Ameisen und Tauben, und da! Unsere Zauberer, unsere Riesen und Piraten, unsere Zwerge, unser Glück, alles gleich wie immer oder ein bisschen anders als sonst, hat der Löwe eine neue Mütze? Ein bisschen interessant oder auch nicht, und am Flughafen angekommen vermisse ich dich schon sehr. Am besten wäre, einfach wieder in das Taxi zu steigen und zurückzufahren nach Hause, und das mache ich auch, ich steige in ein Taxi und fahre wieder zu dir, ein paar Geschichten bringe ich mit, zum Beispiel gleich diese hier:

KLO

Hey, hey, hey, ich steige in ein Taxi und setze mich
und ich sitze auf einem Klo.
Ich sage: »Hier ist ja ein Klo.«
Der Taxifahrer sagt: »Wie finden Sie das Klo?«
Ich sage: »Für ein Klo recht bequem.«
Der Taxifahrer sagt: »Und praktisch ist es auch!«
Aber weil ich gerade nicht muss und auch nicht will,
bedanke ich mich und nehme ein anderes Taxi nach Hause,
nach Hause zu dir.

TAXI
Pfefferminze
LAVENDEL
Meeresbrise

BLITZIG

Hey, hey, hey, ich steige in ein Taxi und die Taxifahrerin ruft: »Schnallen Sie sich an, es wird jetzt blitzig!«

»Wie wird es?«

»Blitzig! Zackzackzacklig! Leopardürig!«

»Meinen Sie *schnell*?«
»Schnell? Nein. Schnell kann jeder. Stürmös!
Das kann nur ich!«
»Stürmisch vielleicht …«
»Blinzelich! Elanesk! Spitzflink!«
»Na gut, ich hab's heute etwas rapidlich.«
»Juhu!«, ruft die Taxifahrerin und tritt auf das Gaspedal,
wir flitzsekündeln durch die Straßen und schon sind wir
wieder hier, hier zu Hause bei dir.

DEIN LIEBLINGSLIED

Hey, hey, hey, ich steige in ein Taxi und eine Musik fährt es, eine Musik fährt das Taxi! Die Musik ist dein Lieblingslied.

Was ist dein Lieblingslied?

Genau das Lied fährt das Taxi. Tief und brummend singt der Motor mit. Ich komme zurück, zurück zu dir, lass es uns zusammen singen!

RADWECHSEL

Hey, hey, hey, ich steige in ein Taxi und sage zum Taxifahrer: »Zur Bibliothek!« Wir fahren los, da macht es »Plopp!«, und der Wagen beginnt zu hinken. Der Reifen ist geplatzt, ganz platt ist er.

»Kein Problem, haben wir gleich«, sagt der Fahrer und holt das Ersatzrad. Mit einer Hand hebt er dann das Taxi, als sei es leicht wie Papier, mit der anderen schraubt er das platte Rad ab und das Ersatzrad wieder an. Jetzt lässt er das Taxi wieder runter, verstaut das kaputte Rad, und schon fahren wir weiter, ich mit offenem Mund, *hast du schon mal so einen starken Mann gesehen?*

Am Parkplatz vor der Bibliothek parkt der Fahrer das Taxi so: Er hievt es über den Kopf und trägt es in die Parklücke! Mit mir noch drin! Ich bezahle die Fahrt, sein Händedruck ist ganz sanft, da will der Fahrer wieder einsteigen, plötzlich schwebt er! Ein Marienkäfer hat den Taxifahrer höflich hochgehoben, damit er nicht auf ein Maiglöckchen tritt. Der Fahrer und der Marienkäfer unterhalten sich kurz über Muskeln, Eiweißshakes und Frühlingsblumen.

Und ich? Schnell die vielen Bücher für dich ausleihen und dann zurück, zurück nach Hause, zurück zu dir.

Bibliothek

RIESLING, DER SEHR KLEINE RIESE

Hey, hey, hey, ich steige in ein Taxi, plötzlich ist das Taxi weg. Hä? Ich sitze auf der Schulter von einem sehr kleinen Riesen, und weil das wackelt, muss ich mich festhalten, dabei stoße ich dem sehr kleinen Riesen vom Kopf den Hut, und der Hut sagt:

»Aua, pass doch mal auf!«

Der sehr kleine Riese hebt den Hut auf, ich schwanke schon wieder ganz bedenklich, und der Hut streckt mir die Zunge raus, und die Zunge ist ein kleines Schlagzeug, und sie alle – der sehr kleine Riese, der Hut und das Schlagzeug –, sie scheinen nicht sehr glücklich wegen der Lage momentan.

»Entschuldigt bitte«, sage ich und steige ab. Man möchte ja einem sehr kleinen Riesen und seinem Hut und dessen Hutschlagzeug nicht zu sehr zur Last fallen, oder?

»Was machst du da?«, fragt der Hut.

»Ich kann gern ein anderes Taxi rufen«, sage ich.

»Pff, bist zu fein für uns, was?«, schnaubt der Hut.

»Zu schwer eher«, sage ich.

»Weißt du was?«, sagt der sehr kleine Riese. »Wir fangen noch mal an. Also: Hallo, mein Name ist Riesling. Ich trage Menschen durch die Stadt, um mein Leben als Musiker zu finanzieren. Wo soll's denn hingehen?«

»Zum Bahnhof«, sage ich und stelle mich ebenfalls vor.

»Zum Bahnhof? Komm, lass lieber was Schönes machen«, trommelt das Schlagzeug. Und das ist natürlich immer die beste Idee, etwas Schönes machen. Ich kann aber gerade nicht, also sage ich: »Wartet doch in einer anderen Geschichte auf mich, jetzt muss ich leider wirklich los.«

»Gut«, sagt der sehr kleine Riese, und der Hut sagt: »Hier, spring in mich hinein, wir bringen dich zum Bahnhof.«
Warum nicht, denke ich, springe in den Hut, und ein paar Schlagzeugsolos später fährt mein Zug schon ein. Ich bleibe nicht lange weg, am Abend schon komme ich zurück, zurück zu dir.

DER MOTORMANN

Hey, hey, hey, ich steige in ein Taxi und ich sage: »Bitte zum Schuster«, und wir fahren los, da macht der Motor: »BRRRUMMM-BRRRUMMM-BRUM-BRUM-BRUM« – laut und komisch.
»Der Motor ist laut und komisch«, sage ich.
»Wieso?«, fragt der Taxifahrer.
»Hören Sie selbst, das klingt doch nicht normal«, sage ich.
»BRRUFFF-BRRUFFF-BRUFF-BRUFF-BRUFF«, brufft jetzt der Motor.
»Halten Sie bitte an.«
Der Taxifahrer hält an, ich steige aus.
»BRUKK-BRUKK-BRUUUKK«, brukkt der Motor.
Ich öffne die Motorhaube. Da liegt ein Mann drin.
Statt eines Motors hat das Taxi einen Mann.
Der Mann liegt in einem kleinen Bett und liest ein Buch über Autos und macht dabei Autogeräusche.
Ich sage: »Ja, guten Tag!«
»BUTSCH-BUTSCH-BUTSCH«, butscht der Motormann.
Es klingt wie: »Bitte stören Sie mich nicht, ich möchte lesen.«
»Geht es Ihnen gut?«, frage ich.
Der Mann summt zufrieden.
»Fahren wir weiter oder was?«, ruft der Taxifahrer.
»Fragen Sie das lieber ihn.« Ich zeige auf den Motormann.
»ANN-ANN-ANNNANANAN«, macht der Motormann.
»Ja, fahren wir«, sage ich, »kurz zum Schuster« –
»BRRUUUUM!« – »und jetzt bitte wieder nach Hause« –
»BRRUUUUM!« – nach Hause zu dir.

BUTSCH-
BUTSCH-
BUTSCH
AUTOS
WAS IST WAS
Bd.53 AUTOS
TAXI

LIEBLINGSSPIELZEUG

Hey, hey, hey, ich steige in ein Taxi, und auf der Sitzbank, da liegt dein Lieblingsspielzeug!

Was ist dein Lieblingsspielzeug?

Irgendwie ist es ins Taxi gekommen! Da flattert eine diebische Elster durch das Fenster und will dein Lieblingsspielzeug diebeln! Sie krallt es sich und fliegt wieder raus. Der Taxifahrer hupt! HUUUUUUP! Die Elster erschrickt und lässt die Beute fallen, sodass ich sie mir wieder schnappen kann. Ich schließe das Fenster, der Vogel muss draußen bleiben.
Der Vogel steht neben dem Taxi auf dem Bürgersteig und sieht traurig aus. Will spielen vielleicht?
Steige ich aus. Spiel mit der Elster und *deinem Lieblingsspielzeug.* Bringt sie mir zum Dank einen Regenwurm. Find ich nicht nötig, ess ja auch keine Regenwürmer, und der Regenwurm findet das auch nicht so nett, aus dem Schlaf hat sie ihn geweckt.
Bald sind alle nach Hause. Die Elster in eine Birke. Der Regenwurm in die Erde. Das Taxi in eine Garage.
Und ich: Zu dir, immer zu dir.

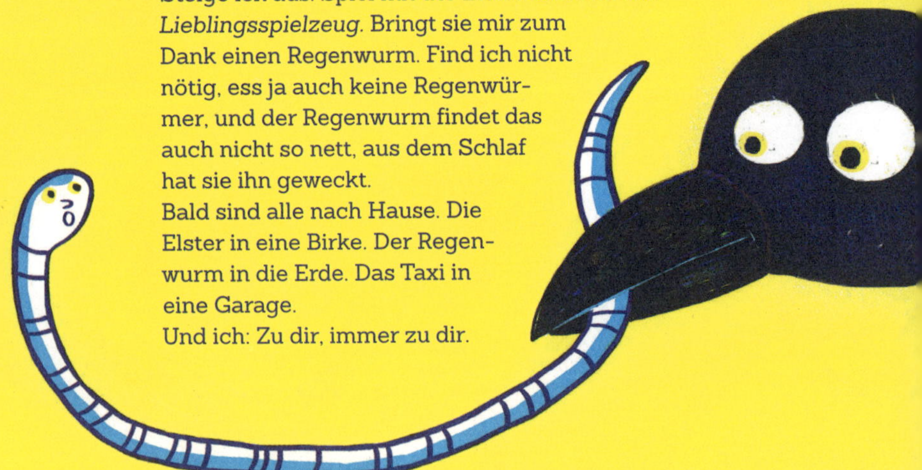

KÄSETAXI

Hey, hey, hey, ich steige in ein Taxi und das Taxi ist ein Käserad und der Fahrer eine Maus und das Licht ist gelb und die Fenster sind Löcher im Käse und es riecht, was sonst, nach Käse, und ich kriege eine Riesenlust auf ein Käsebrot.
»Entschuldigen Sie«, sagt die Maus, »das Taxi ist bitte schön nicht zum Verspeisen da.«
»Entschuldigen Sie bitte«, sage ich, »Ihr Taxi sieht aber megalecker aus.«
»Ich«, sagt die Maus und knabbert am Lenkrad, »weiß. Aber es ist mein Taxi, nur ich darf es verspeisen.«
»Logisch«, sage ich. »Fahren Sie mich bitte zum Mond.«
Ich muss da heute eigentlich gar nicht hin, zum Mond wollte ich erst nächsten Dienstag. Ich denke mir aber, wenn hier ein Käse fahren und eine Maus Fahrerin sein kann, dann wird mich die Käse fahrende Maus bestimmt auch heute zum Mond bringen können.
»Bitte«, sagt die Maus, »festhalten.« Schon heben wir ab, und wie bunt ist unsere Welt aus dem Himmel bitte! Blauflüsse und Silberfelsen! Grünwälder und Braunäcker! Graustädte und Weißgipfel. Die Maus piept eine astronautische Anweisung in den Käsefunk, da wird es schwerelos im Käserad. Unter der Rückbank liegen die Raumanzüge.
Und jetzt, der Mond! Wir landen am Rand eines Kraters. Spazieren ein wenig, die Maus und ich, wirbeln Mondstaub auf. Man würde meinen, der Mond sei ebenfalls aus Käse gemacht, sieht ja irgendwie auch so aus, aber nein, der Mond ist aus Sehnsucht gemacht.

Weißt du, was Sehnsucht ist?

Das ist so ein Gefühl, das haben Menschen ab und zu, wenn sie mit einer Sache oder einem Ort oder einer Person etwas Schönes verbinden, die Sache aber gerade nicht haben können, an dem Ort nicht sein können oder mit der Person zusammen.
So wie ich Sehnsucht nach dir habe, wenn ich mal länger weg bin. Wie jetzt, auf dem Mond! Also bitte ich die Maus, uns schnell zur Erde zurückzubringen, zurück zu dir. Und zu einem leckeren Käsebrot gleich!

ODJO ODJO UND DIE PIRATEN

Hey, hey, hey, ich steige in ein Taxi und sage zum Taxifahrer:
»Fahren Sie mich bitte zur Elbe!«
Der Fahrer sagt: »Odjo-odjo?«
»Odjo-odjo?«
»Odjo-odjo.«
»Was soll das denn heißen?«
»Odjo-odjo!«
»Verstehen Sie mich?«
»Odjo.«
»Elbe. Ich möchte gern zur Elbe! Zum Fluss?«
»Odjo!«
Der Fahrer fährt los, er fährt gut, er erzählt: »Odjo-odjo«, erzählt der Fahrer, »odjo-odjo-odjo. Odjo odjo? Odjo. Odjo.«
Ich verstehe kein Wort.
»Wie heißen Sie?«, frage ich.
»Odjo Odjo«, sagt Odjo Odjo.
Odjo Odjo fährt und fährt, scheint aber nicht zur Elbe zu fahren, und irgendwann singt er. Odjo Odjo singt, seine Stimme klingt wie eine quietschende Tür und ein Singvogel, zum Beispiel ein Rabe, und wenn du jetzt meinst, Raben sind doch keine Singvögel, dann muss ich dir eins sagen: Sie singen trotzdem, die Raben singen.
Der Taxifahrer singt: »Odjooo. Oodjo. Odjo! Odjo odjoo.«
Als das Lied zu Ende ist, sind wir doch an der Elbe angekommen. Odjo Odjo verlässt das Taxi,

breitet eine Decke aus und bietet mir ein Sandwich an. Wir picknicken. Der Fluss fließt. Die Sonne sonnt.

Da türmt sich eine wuschige Riesenwelle auf. In der Schaumkrone segelt ein Schiff, und das Schiff, das hat Knochen und Säbel auf der Fahne, eine Piratenfahne ist das auf einem waschechten Piratenschiff, das auf einer Riesenwelle reitet!
Die Welle ist größer als fünfhundert Dachdeckerinnen, die einander auf den Schultern stehen. Die Welle ist größer als alle Hafenkräne, sie ist größer als der größte Brokkoli der Welt. Möwen picken in der Welle nach Nahrung. Bienen surfen mit winzigen Surfbrettern darauf.
Odjo Odjo macht Riesenaugen und sagt: »Odjo odjo …«
»Fürwahr«, sage ich, und jetzt hört man die Piraten auf dem Piratenschiff mit piratigen Stimmen Piratendinge rufen. »Arr!« »He, da!« »Ahoi!«, und was halt Piraten noch so rufen. Die haben gar keine Angst! Einer guckt aus dem Ausguck, ein anderer kartoffelt auf Deck das Abendessen, und das alles, obwohl das Schiff auf der wildesten Welle der Welt wackelt!

Dann geht alles schnell! Die Möwen stieben auf mit Fischen in den Schnäbeln, die Bienen schwirren weg mit den kleinen Surfbrettern unterm Flügel, sogar ein kleiner Oktopus rettet sich aus der Riesenwelle, nur das Piratenschiff bleibt, als die Welle auf Land trifft.

Odjo Odjo und ich konnten gerade so hinter dem Taxi Schutz finden, sind jetzt aber natürlich klatschnass. Eine blubbernde Stimme ist zu hören – es ist die Welle; sie nimmt ihren Schaumhut höflich ab, verneigt sich und sagt: »Verzeihen Sie bitte, welche Stadt ist das?«

»Hamburg«, sage ich.

»Oje«, sagt die Welle, »das war so nicht geplant.« Und schon ist sie weg, die Welle, zieht sich zurück, wird flacher, wird Fluss.

Das gestrandete Piratenschiff ist noch da. Liegt am Ufer und riecht nach Piratenliedern und Gold.

»Land in Sicht!«, sagt ein Pirat, viel zu spät, aber immerhin sagt er es noch.

Der Kapitän erscheint an Deck. Der Kapitän hat vier Kapitänsmützen auf dem Kopf und acht Säbel und raucht drei Pfeifen. Er sagt etwas, wegen den Pfeifen verstehe ich aber auch ihn nicht.

»Was sagt er denn?«, frage ich Odjo Odjo.

»Odjo odjo«, sagt Odjo Odjo und spricht in das Taxi-Funkgerät: »Odjo, odjoodjoodjo. Odjooo.«

Wenige Minuten später parkt ein weiteres Taxi am Ufer. Dann noch eins und noch eins. Inzwischen weiß ich, die Piraten wollen zurück in den Fluss mit ihrem Schiff und Odjo Odjo versucht zu helfen.

Das ganze Ufer ist voller Taxis. Alle Taxis der Stadt sind hier! Einer hat ein Riesenseil dabei. Hat man noch nicht gesehen, so ein Seil. Dicker als der Himmel. Wir binden das Seil an das Schiff. Die Taxis verwandeln sich in U-Boote. Und dann ziehen fünfhundert U-Boot-Taxis das Piratenschiff zurück in die Elbe. Dann verwandeln sich die U-Boot-Taxis zurück in Taxis und fahren wieder weg.

Das Schiff wurde bei der Strandung beschädigt und kann nicht fahren. Es sinkt immerhin aber auch nicht. Den Piraten scheint das aber nichts auszumachen, sie werfen den Anker und gehen an Land. Sie bringen Melonen. Wir essen sehr süße Melonen in der Sonne.
»Wir bleiben hier«, sagen sie. »Hier ist es schön. Danke für eure Hilfe.«
Zum Abschied geben die Piraten uns eine Schatzkiste mit sehr vielen kleinen Schatzkisten drin, in denen sehr viele sehr, sehr kleine Schatzkisten drin sind.
Und Odjo Odjo fährt mich endlich wieder nach Hause, nach Hause zu dir.

RIESLING, DER SEHR KLEINE RIESE SCHON WIEDER

Hey, hey, hey, ich steige in ein Taxi, und das Taxi ist weg, und ich sitze wieder auf den Schultern des sehr kleinen Riesen namens Riesling.

»Hallo«, grüßt der sehr kleine Riese.

»Nicht der schon wieder«, grüßt der schlecht gelaunte Hut des sehr kleinen Riesen nicht.

»Gibt es eigentlich noch andere Riesen?«, frage ich.

»Klar«, sagt der kleine Riese, »aber ich versteh mich mit denen nicht so gut.«

»Warum nicht?«

»Die mögen Sachen nicht, die ich mag.«

»Was magst du denn?«

»Jazz-Musik und Frühlingsblumen und Ellenbogen und ungelöste mathematische Gleichungen und Aufräumen mit jemandem, den man gernhat, und indisches Essen und wenn Dackel fröhlich mit dem Schwanz wackeln und das Universum in seiner Unendlichkeit und Gedichte, die sich nicht reimen.«

»Und Hüte«, sagt schlecht gelaunt der Hut.

»Ja, dich mag ich natürlich auch«, sagt Riesling und krault die Hutkrempe.

»Und was mögen andere Riesen?«, frage ich.

»Sachen zertrampeln.«

»Macht doch auch Spaß.«

»Ja, wenn man so groß ist wie die, vielleicht.«

»Wie groß sind die denn?«

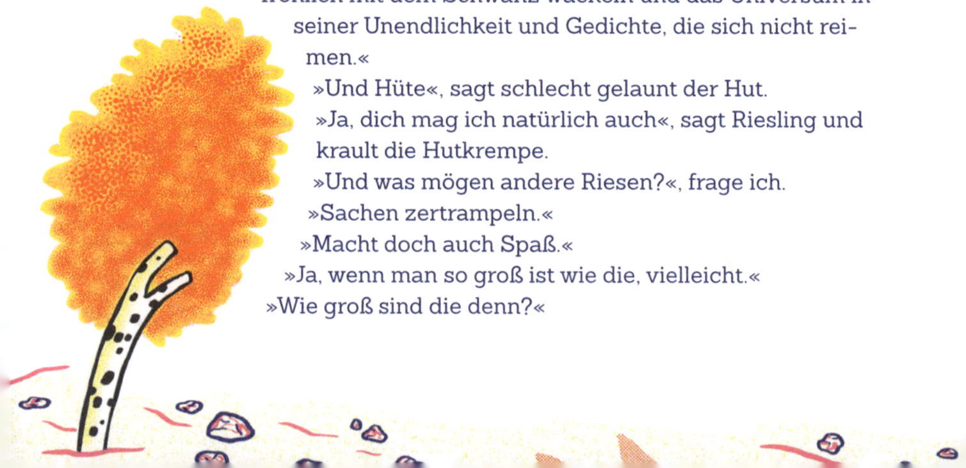

»Du stellst aber viele Fragen«, schlechtlaunt der Hut schon wieder.
»Na komm, ich zeige es dir.«
Der Riese bringt mich raus aus der Stadt. Ein Hügel ist da, ein Flüsschen, ein Wäldchen, die Vögel krakeelen. Und über den Bäumen – zwei gigantische, ungekämmte Köpfe.
»Der da, der mit der Birke im Bart«, sagt der sehr kleine Riese, »das ist mein Papa, Ulfermir Birkowski.«
»Wer ist da, ich zertrampel dir das Hemd, zeig dich!«, brüllt der Birkenbart.
»Er hat sehr gute Ohren«, sagt Riesling. Und lauter: »Ich bin's, Papa, Riesling.«
»Riesling? Was willst du denn hier?«
»Hör ich da mein Söhnchen?«, ruft der andere Kopf dazwischen, und mit nur zwei Schritten steht schon, ich vermute mal, Rieslings Mama vor uns. Ich bin kleiner als ihr kleiner Zeh (sie ist barfuß, und zwischen ihren Zehen stecken Felsbrocken).
Sie hebt Riesling zwischen Zeigefinger und Daumen vorsichtig hoch – ich kann gerade noch abspringen, um nicht auch in den schwindeligen Höhen zu verschwindeln.
»Schmatz, schmatz, schmatz«, hört man oben, die Küsse bedecken den ganzen Riesling. Tiefer im Wald kracht und birst es. Ulfermir Birkowski trampelt auf Birken.
»Bleibt dein kleiner Freund zum Essen?«, fragt Rieslings Mama und meint wohl mich.
Was es denn gäbe, will ich wissen.
»Ulfermir hat ein Erbsensüppchen gekocht«, antwortet die Mama-Riesin.
Ja, warum nicht, die Chance, mit Riesen zu speisen, kriegst du vielleicht vier oder fünf Mal im Leben, maximal.

Auf einer Riesenlichtung setzen wir uns um einen Riesenkessel. Helgrinde Eichinger, Rieslings Mama, schöpft die Suppe, und die Suppe schmeckt ordentlich, wenn man bedenkt, dass Ulfermir sie noch mit Birkenrinde gewürzt hat.

Ich esse einen halben Teller, Riesling einen ganzen. Ulfermir isst zwanzig Teller und Helgrinde achtzehn, wenn ich mich nicht verzählt habe.

»Na«, sagt irgendwann Papa Ulfermir zu Riesling, »wie läuft es denn in der Stadt?«

»Morgen spielen Hut und ich ein Konzert«, sagt Riesling. »Wollt ihr kommen?«

Mama Helgrinde sagt: »Super gern, es wird aber sicher schwierig mit dem Platz.«

Papa Ulfermir sagt: »Spielst du wieder diese schreckliche Musik?«

»Die Leute, die zu den Konzerten kommen, finden sie nicht schrecklich.«

»Grmpf«, grmpft Ulfermir Birkowski. »Leute. Sind ja auch Menschen, was wissen die schon von Musik.«

Helgrinde Eichinger kratzt das letzte Restchen Suppe aus dem Topf und sagt: »Lass doch mal was hören.«

»Jetzt?!«, rufen Riesling und sein Papa gleichzeitig, der eine froh, der andere entsetzt.

»Doch nicht beim Essen!«, fügt Rieslings Papa hinzu.

»Ach, Ulfer, was soll das? Du hast deinen eigenen Sohn noch nie spielen gehört. Wie das klingt, weißt du doch gar nicht!«

»Weiß ich wohl! Hast du einmal Jazz gehört, vergisst du es nie wieder!«

»*Riesling* gehört, mein kleiner Birkenkäfer, nicht Jazz.« Sie gibt ihm einen sanften Stups mit dem Ellenbogen, und ich sage »sanft«, meine aber eigentlich »aua«. Dich und mich würde so ein Stups hundertdreißig Meter weit stupsen.

Und jetzt wird es interessant. Ulfermir Birkowski sagt nichts mehr, sondern reißt einen Brombeerstrauch aus und reinigt damit sein Gebiss. In der Zeit zieht Riesling aus seinem Hut eine Posaune, und der Hut zieht aus sich selbst ein Schlagzeug, und das Schlagzeug zieht aus dem Hut einen Kontrabass, und bevor du »sich dazugesellen« aussprechen kannst, hat sich ein Dutzend anderer Riesen dazugesellt, und der sehr kleine Riese hat mit seinem Orchester losgespielt, dem Schlagzeug spielenden Hut und dem Bass spielenden Schlagzeug, und die grooven dermaßen ab, dass die Birken sich im Rhythmus biegen und das Flüsschen mit dem Rauschen aufhört (weil wer will schon so was Schönes stören?).
Und wenn ich mich nicht irre, tappt Ulfermir Birkowski sachte mit der Hand im Takt auf seinen Oberschenkel, und wenn ich mich nicht irre, und hier irre ich mich ganz sicher nicht, tanzt Helgrinde Eichinger mit mir wild durch den Wald, und da es an dieser Geschichte nichts mehr gibt, was man ihr hinzufügen könnte, damit sie noch besser ausgeht, verlasse ich sie ganz schnell und mache mich auf den Weg nach Hause, auf den Weg zurück zu dir.

KLEINE, TRAURIGE GIRAFFE

Hey, hey, hey, ich steige in ein Taxi ein und die Fahrerin ist eine kleine, traurige Giraffe. Sie ist traurig, weil sie keinen langen Hals hat. Sie sieht mit ihrem kurzen Hals eigentlich total toll aus. So ein wenig wie ein schön geschecktes Kälbchen mit traurigen Augen.

Ich sage, ich würde gerne zum Tierpark.

Ja, da wird die kleine, traurige Giraffe noch trauriger, zum Tierpark möchte sie ganz arg ungern, sagt sie, wo alle Giraffen einen langen Hals haben und an alle Äste rankommen und eine viel hellere Singstimme haben.

Ich frage die kleine, traurige Giraffe, ob sie denn eine helle Stimme haben möchte.

Sie sagt, natürlich möchte sie das.

Ich frage, ob sie gerne singt.

Sie sagt, natürlich singt sie gern, was ist das überhaupt für eine Frage, und ob ich schon mal eine ungern singende Giraffe getroffen hätte.

Hab ich nicht, sage ich, ich hab überhaupt noch nie eine Giraffe singen gehört, und ich frage die kleine Giraffe, ob sie nicht vielleicht Lust hat, etwas zu singen, jetzt gleich. Die Giraffe sagt, man hat als Giraffe eigentlich immer Lust zu singen. Die Hälse der Giraffen, die sind überhaupt so lang, weil sie die recken, um höhere Töne zu treffen. Und da singt die Giraffe los, mein lieber Herr Gesangsverein – hast du schon mal eine kurzhalsige Giraffe singen gehört?

Ich bin hin und weg! Ihre Stimme ist tief und ihr Lied traurig, aber auch lustig. Sie singt davon, wie das ist, anders zu sein als andere – manchmal fällt's ihr schwer / dann findet sie's nicht fair, dann ist es wieder leicht / ich zu sein, das reicht.
Sie ist fertig und guckt schüchtern weg. Schüchtern muss man aber überhaupt nicht sein, wenn man so schön singt, oder?
Und das sage ich ihr auch: wie schön! Und ich sage auch, es ist doch manchmal besser, etwas auf eigene Weise zu machen, als alles immer so zu machen, wie es alle machen. Tiefe Stimme zu haben und einen kurzen Hals, wenn andere hohe Stimmen und einen langen Hals haben. Wichtig ist doch nicht der Hals, sondern der Gesang! Weil Gesang super ist und es super ist, super Sachen zu machen! Musik! Frösche retten! Anderen guttun! Es nicht wichtig finden, wie jemand aussieht! Kristalle züchten!
So rede ich vor mich hin, doch was weiß ich schon vom Leben der Giraffen? Ich weiß, dass ich diese hier, die kleine, die traurige, die jetzt doch mal verlegen lächelt, am liebsten mitnehmen würde zu dir, damit du ihren Gesang hörst und siehst, wie genau richtig sie ist, so anders, wie sie glaubt zu sein.

ABSCHLEPPSCHIFF

Hey, hey, hey, ich steige in ein Taxi und sage: »Fahren Sie mich bitte zur Elbe.«

Am Hafen angekommen sehe ich, wie ein Abschleppschiff das Piratenschiff abschiffschleppen will.

»Stooopp!«, rufe ich und steige sofort aus. »Stooopp!« Ich renne an die Kaimauer und frage den Abschleppschiffkapitän, warum er die Piraten abschiffschleppen will.

»Falschparken«, sagt der Abschleppschiffkapitän.

»Wo kann man denn an einem Fluss falsch parken?«

»Ja, hier«, sagt der Abschleppschiffkapitän und zeigt auf das Piratenschiff. Die Piraten weinen und schlagen sich mit der Faust vor die Brust.

»Warum seid ihr traurig?«, frage ich die Piraten.

»Wir würden gern hierbleiben«, schluchzen die Piraten.

»Mögt ihr nicht das Meer, das aufregende Seeräuberleben und die Schatzjagd?«

»Nein, nein!«, weinen die Piraten. »Das denken immer alle! Wir mögen den stillen Fluss, da wird uns nicht schlecht. Und wir mögen das faule Leben. Und die Jagd nach Schätzen ist doch gefährlich!«

»Laber, Rhabarber«, ruft der Abschleppikäpi, »es geht los, bitte festhalten.« Der Motor des Abschleppschiffs heult auf, das Piratenschiff bewegt sich aber keinen Millimeter.

Die Piraten kichern.

Der Abschleppschiffkapitän kichert nicht.

Der Motor auch nicht. Der Motor brummt noch lauter.

Nichts. Die Piraten kichern.

Ich klettere auf das Piratenschiff. Es gibt Tee und Kuchen. Das Deck ist aufgeräumt und riecht nach Minze. Mitten auf dem Deck – eine Schiffsschraube.

Ich frage: »Ist die vom …«, und zeige auf das Abschleppschiff. Die Piraten kichern.
Ich esse Kuchen mit den Piraten und trinke Minztee.
Wir reden über dies und das. Über Ozeane, über Äffchen, über die Farbe Türkis, über Puppenstuben und darüber, dass die Piraten einen Flohmarkt machen wollen, um ihre Schätze als Kunst für viel Geld zu verkaufen an reiche Leute aus der Stadt, die keine Ahnung von Kunst haben.
Irgendwann gibt der Abschleppschiffkapitän auf und kommt auf das Piratenschiff. Der Piratenkapitän schenkt ihm Tee ein und reicht ihm ein Stück Kuchen. Der Abschleppschiffkapitän sagt: »Das passt gut, ich bin auf Kuchen-Diät, ich esse gerade nichts außer Kuchen.« Und als er seine Schiffsschraube sieht, sagt er: »Ich wäre eigentlich auch gern Pirat.«
»Kannst du doch sein«, sagen die Piraten. »Es ist ein ruhiges Leben.«
»Im Parkverbot!«, sagt der Abschleppschiffkapitän mit erhobenem Zeigefinger, aber auch Kuchen naschend. Jemand hat ihm eine Augenklappe aufgezogen, dabei hat er noch beide Augen. Und ein Holzbein angebunden, sodass er jetzt drei Beine hat. Ist ja auch praktisch mit drei Beinen.
In der gefährlichen Ferne geht die Sonne unter. Sie trägt einen Dreispitz und einen Papagei auf der Schulter.

Ich verabschiede mich von allen, inklusive ehemaligem Abschleppschiffkapitän, jetzt zweitem Piratenoffizier.

Wärest du gern ein Pirat / eine Piratin?

Von den Piraten gibt es viele Geschichten. Abenteuer und Lustiges. Dabei war ihr Leben – früher und heute – nicht sehr lustig. Und die Abenteuer sind in den Geschichten schöner als die echten Abenteuer. Unsere Piraten wollen eine Geschichte sein, die weder gefährlich ist noch abenteuerlich. Auch gut.
Du bist zum Glück keine Geschichte. Du bist hier und ich, ich bei dir.

Elly

MITTELALTER

Hey, hey, hey, ich steige in ein Taxi, und ich sage: »Zum Hufschmied bitte!« Das Taxi fährt los und schon sind wir im Mittelalter.

Obwohl es im Mittelalter was nicht gibt?

Richtig: Taxis. Auch Lollis und Duschen gibt es übrigens nicht. Meinem Taxi macht es gar nichts aus, dass es gar nicht existiert – es tuckert fröhlich durch das Mittelalter. Wir halten in einem Mittelalterdorf. Mittelalterziegen grasen in den Straßen, die keine Straßen sind, sondern Wege. Es riecht nicht sehr gut, logisch, die Kanalisation muss erst erfunden werden.

Im Mittelalterdorf leben Mittelalterleute. Sie versammeln sich neugierig, aber auch ängstlich, um das Taxi. Zum ersten Mal in ihrem Leben sehen sie ein Auto.
Ich versuche zu erklären, was ein Auto ist. »Ein Auto ist«, sage ich, »wie der Besen von einer Hexe.«
Die Mittelalterleute winken wild mit den Armen, wegen der Hexe kriegen sie noch mehr Angst.
»So meine ich das nicht«, rufe ich, »vergesst die Hexe! Ein Auto ist, als würde man zehn Pferde zu einem kleinen Haus schmelzen, und das Pferdehaus bringt euch, wohin immer ihr wollt.«
Die Mittelalterleute sind sauer, sie wollen nicht, dass man ihre Pferde schmilzt. Ist ja auch logisch. Ich will das ja auch nicht!

Die Mittelalterleute haben eine Idee. Beziehungsweise, sie haben ein Problem. Die Idee ist: Ich soll ihnen mit dem Problem helfen.
»Wir haben einen sehr miesen König hier«, sagen die Mittelalterleute. »Der ist wirklich so sehr mies, er behandelt alle mies, nimmt uns das Essen mies weg, und alle sind arm, außer der miese König. Kannst du uns irgendwie gegen den miesen König helfen? Vielleicht mit der Hexe von gerade eben?«
»Hexen gibt es doch nicht«, sage ich.
»Du hast wohl keine Ahnung«, sagen sie.
»Ich kenne aber keine Hexe«, sage ich.
Gut, dann ohne Hexe. Der König wohnt in dem Turm, dort oben, guck. Ja, da ist ein ziemlicher Turm auf einem Berg über dem Dorf – ich steige in das Taxi und lasse mich hinauffahren.
Um den Turm fledern Fledermäuse. Ein Teich voller Teichrosen teicht vor sich hin. Es ist sehr schön hier, aber auch sehr mies, weil das alles dem miesen König gehört. Wobei. Teiche und Fledermäuse können doch nix dafür, dass der König mies ist.
Der König spaziert um den Teich in seiner nachdenklichen Robe. Der König denkt über die Erde nach. Im Mittelalter glaubten manche Leute, die Erde ist flach wie ein Spiegelei. Manche glaubten, die Erde ist eine Schildkröte, und auf ihrem Panzer lachen und popeln wir. Ein paar wiederum glaubten, die Erde ist eine Zitrone, und das obwohl der Boden gar nicht säuerlich schmeckte, wenn sie an ihm leckten (und sie leckten ständig am Boden). Die meisten Leute lebten aber einfach auf der Erde und waren froh oder traurig oder beides oder dazwischen.

Der miese König glaubt, die Erde ist der Kopf von einem Riesen. Die Wälder sind sein Haar. Der große Berg drüben seine Nase. Und der Riese spaziert mit uns durch den Himmel.
Woher ich das alles weiß?
Ich hab ihn gefragt. Da hat er mir alles erzählt. Auch, dass er mit dem Riesen gern mal sprechen würde – um ihm einen Vorschlag zu machen.
»Welchen Vorschlag?«
»Na, der Riese soll sich mal beeilen.«
»Wohin denn?«
»Irgendwohin, wo das Leben nicht so mies ist.«
»Die Leute im Dorf sagen, ihr Leben ist mies wegen dir.«
»Wer ist Er überhaupt?«, ruft da der König auf einmal recht laut und mit »Er« meint er mich, weil im Mittelalter haben die Leute manchmal komisch gesprochen.
»Ich bin … ein Page von dem Riesen«, sage ich. Mir fiel nichts Besseres ein und ich hatte keine Lust, dem König zu erklären, dass ich aus der Zukunft komme.
»Und was ist das da?« Der miese König zeigt auf das Taxi.
»Ein Monster. Alle Riesenpagen haben ein eigenes Pagenmonster. Meines heißt Taxi. Schau dir seine wütenden Augen an!« Ich zeige auf die Scheinwerfer und der Taxifahrer schaltet sie an.
»Lausche seinem Brüllen«, sage ich und der Taxifahrer lässt den Motor aufheulen.

Der König gähnt. Hat gar keine Angst. Ganz im Gegenteil: Der König steigt in das Taxi ein.
»Los«, sagt er, »bringt mich zu dem Riesen.«
»Na gut«, sage ich und zum Fahrer: »Bringen Sie den Herrn zu dem Riesen bitte.«
Was er dann auch tut. Vielleicht. Falls die Erde der Kopf von einem Riesen ist.
Und ich? Ich laufe durch das Mittelalter und Hunderte von Jahren zurück in unsere Zeit, zurück nach Hause, zurück zu dir.

DIE ZWERGE UND DER DRACHE I

Hey, hey, hey, ich steige in ein Taxi und der Fahrer ist ein Zwerg. Der Zwerg ruft: »Anschnallen und festhalten!«

Schon gibt er Gas und steuert direkt auf einen Briefkasten zu! Ich schreie, der Briefkasten wabert, schon sind wir durch den Briefkasten gefahren, als sei er Briefkastenpudding.

Wir sind nicht mehr in unserer Straße. Wir sind überhaupt in gar keiner Straße, wir fahren jetzt über einen verbrannten Hügel. Die Erde ist schwarz, überall liegen Ruß und Asche, und die Luft schmeckt rau nach Rauch; ein großes Feuer hat hier gewütet.

»Der Drache«, sagt der Taxizwerg. »Der Drache ist total sauer. Seit Tagen zündet er mit seinem Feueratem unsere Berge und Felder und Mützen an.«

»Wo – wo sind wir denn? Was soll ich …«

»… uns helfen sollst du! Es muss aufhören.«

Er parkt vor einer Höhle. In der Höhle hocken fünfzig Zwerge mit fünfzig traurigen Bärten und neunundneunzig verschreckten Augen (die Zwergenkönigin trägt eine Augenklappe).

»Endlich!«, sagt sie. »Der Drache ist wieder im Anflug. Wir können uns nicht mehr verstecken! Bitte, Mensch, bitte hilf uns!«

»Ja, aber ich verstehe nicht – wieso denn ich?«

»Na, du bist in das Taxi gestiegen, und wer in das Taxi steigt, der hilft! So besagt es die Legende! Wir haben schon alles versucht! Magie! Flehen und Fliehen! Nichts hat geholfen. Der Drache ist sauer, und wir wissen nicht weiter.«

»Warum ist er denn sauer?«

»Keine Ahnung!«, rufen alle Zwerge, bis auf einen, der nichts ruft, sondern nur komisch guckt.

»Ganz sicher nicht?«

»Ganz sicher nicht!«, rufen die Zwerge. Der eine ruft nichts. Er ist der kleinste. Mit blauem und grünem und lila Haar und einer Brille mit nur einem Glas. Er sieht frech aus, seine Knie schlottern aber auch.

»Und du?« Ich wende mich ihm zu. »Weißt du auch nicht, warum der Drache wütend ist?«

»Nein«, sagt der Zwerg, es ist aber allen sofort klar, dass das »Nein« eigentlich ein »Ja« ist, weil der kleinste Zwerg wahnsinnig schlecht lügt mit seinen kleinsten ehrlichsten Augen.

»Wie heißt du denn?«

»Fieberthermometer«, sagt der Zwerg und sieht zu Boden.

»Fieberthermometer, willst du uns etwas sagen?«

»Ja«, flüstert Fieberthermometer. Er holt hinter seinem Rücken ein goldenes Etwas hervor. »Das gehört dem Drachen. War in seiner Höhle, als ich da neulich …«, seine Stimmer wird leiser, »spazieren war.«

»Spazieren?!«, rufen alle Zwerge und schlagen alle die Hände vors Gesicht.

»Ist das … eine Zahnbürste?«, frage ich.

»Sie glänzt so schön«, sagt Fieberthermometer und guckt die Bürste verliebt an.

»Du hast einem Drachen die Zahnbürste geklaut?«

»Na ja, geklaut – ich wollte nur …«

Fieberthermometer wird von einer explosiven Explosion unterbrochen. Flammen feuern in die Höhle, der heiße Windstoß drückt uns zu Boden – der Drache ist da!

»Ihr habt etwaths, daths mir gehört!«, lispelt der Drache. »Ich hätt eths gerne tsurück!«
Fieberthermometer rührt sich nicht. Fieberthermometer ist erstarrt vor Angst. Wirklich. Er ist ganz fest, ein versteinerter Zwerg mit einer goldenen Zahnbürste. Ich will die Bürste aus seiner Hand lösen, um sie dem Drachen zurückzugeben, sogar die Zwerge packen mit an – vergeblich; sie ist wie verwachsen mit dem versteinerten Fieberthermometer.
»So wird das nix«, sage ich. »Wir müssen dem Drachen die Zahnbürste *mitsamt* Fieberthermometer übergeben.«
Die Zwerge wollen davon nichts wissen, nein, nein, nein. Da spuckt der Drache wieder eine Feuersalve, dass die Wände glühen. Alle sehen zur Königin – und die gibt nun doch das Zeichen: Köpfe gesenkt tragen die Zwerge ihren Freund vor die Höhle, wo der Drache einen Pulli strickt, um sich zu beruhigen. Als er die Zahnbürste sieht, lässt er das Strickzeug fallen und eilt zu Fieberthermometer. Er zerrt und zieht, kriegt die Bürste aber ebenfalls nicht frei.
»Waths ithst daths für eine Tsauberei!«
»Wollen Sie Ihre Zahnbürste wiederhaben, müssen Sie Fieberthermometer mitnehmen«, sagt die Zwergenkönigin.
»Sie können sich die Zähne ja so putzen«, schlage ich vor, »dass Sie den Zwerg mit der Bürste so hochhalten.«
Der Drache überlegt. Er will seine Zahnbürste, ja.

Aber will er einen erstarrten Zwerg? Er setzt sich. Die Zwerge setzen sich auch. Nur Fieberthermometer bleibt stehen, weil wenn du im Stehen zu Stein wurdest, kannst du dich nicht einfach wieder hinsetzen.
»Gut«, sagt der Drache nach einer Weile und schnappt sich ihn. Er dankt kühl und verspricht, mit der Verbrutzelung aller Dinge aufzuhören. Ein mächtiger Flügelschlag und schon ist er – mit Fieberthermometer im Maul – im Hochgebirge verschwunden.
Keine Stunde später ist Fieberthermometer wieder da.
Die Zwerge umarmen ihn sehr ungläubig und sehr freudig.
»Ich konnte mich auf einmal wieder bewegen«, sagt er. »Hab gewartet, bis der Drache einschläft, dann bin ich weg.«
Die anderen Zwerge werfen ihre Hüte jubelnd in die Luft.
»Und guckt mal, was ich gefunden hab in der Drachenhöhle!«, ruft Fieberthermometer enthusiastisch und holt unter seiner Mütze einen goldenen Zahnstocher hervor.
Aller Jubel verstummt.
Im Gebirge quiekt der Drache.
Und jetzt wäre es am allerallerbesten, dass ich zu dir komme, in Sicherheit zu dir.

ROBOTER

Hey, hey, hey, ich steige in ein Taxi, wir fahren los und alles ist aus Metall. Straßen aus Metall. Gebäude aus Metall. Blumen aus Metall. Menschen aus Metall. Moment! Es gibt gar keine Blumen. Und das sind keine Menschen, sondern Roboter! Überall Roboter!
Drüben, am Fenster: Jemand winkt uns zu, kommt her, schnell! Doch noch ein Mensch – ein Mädchen. Wir halten an und steigen aus. »Rein mit euch!«, ruft das Mädchen, und der Taxifahrer und ich klettern in ihre Wohnung.
Das Mädchen wirkt ängstlich. Sie schaut, dass uns niemand folgt, schließt das Fenster und zieht die Gardine zu.
»Was macht ihr da draußen?!«, schimpft das Mädchen.
»Wieso?«, frage ich.
»Das ist doch verboten!«
»Was – was ist verboten?«
»Menschen draußen!«
»Menschen sind verboten? Wer hat Menschen verboten?«
»Hä? Die Roboter natürlich.«
»Ja, über die hab ich mich auch schon gewundert«, sagt der Taxifahrer.
»Gewundert? Sag mal, habt ihr die letzten fünfzig Jahre unter einem Stein gelebt?«
»Welches Jahr haben wir denn?«, frage ich verwirrt.
»Ihr habt wirklich keine Ahnung!«, sagt das Mädchen. »Die Roboter sind die neuen Chefs der Erde. Menschen dürfen ihre Häuser nur verlassen, um in den Roboterfabriken zu schuften, Schrauben drehen und Roboterellenbogen ölen für einen winzigen Lohn.«
»Das ist nicht so schön«, sage ich.

»Moment!«, ruft das Mädchen. »Euch beide kennen die Roboter noch nicht! Das ist unsere Chance!«
»Lass mich raten. Wir sollen helfen. Am besten dafür sorgen, dass es regnet, was? Und dass dabei alle Roboter draußen sind, sodass sie total nass werden und rosten und kaputtgehen?«
»Nein, du Doofus«, sagt das Mädchen, »ihr sollt DEN STECKER ziehen.«
»Den Stecker? Aber es gibt so viele Roboter, die können unmöglich alle nur einen Stecker haben.«
»Es ist aber so. Und DER STECKER ist gleich drüben, beim Robotersupermarkt.«
»Das ist ja praktisch«, sage ich und gehe schon mal raus. Vorsichtig überquere ich die Straße, da kommt eine Roboterkatze auf mich zu. Sie ist klein und lieb, will schmusen, und obwohl ich denke, das ist sicher eine Roboterfalle und die Katze eine fiese Roboterkatze, streichle ich sie. Sie schnurrt. Hm, doch keine Falle?
Egal, ab zum STECKER. Der STECKER ist so mega, ihn rauszuziehen schaff ich allein gar nicht. Der Taxifahrer hilft. Geht nicht. Das Mädchen wagt sich raus und greift nach dem Kabel. Keine Chance. Nach und nach strömen immer mehr Menschen aus ihren Verstecken. Aber auch zu zwanzigst gelingt es uns nicht, den Megastecker auszustecken.
Drei Roboter haben uns bemerkt und kommen leider rüber mit großen ungelenken Roboterschritten.

Was meinst du, sollen die Roboter einfach mithelfen?

»Was steht ihr hier rum, helft doch mit!«
Tatsächlich, die Roboter fassen mit an, um ihren eigenen Stecker zu ziehen! Klappt immer noch nicht. Da klettert das Roboterkätzchen auf meinen Arm und zieht als Letzte am Kabel: Ja! Jetzt! Und: Zack! Strom aus! Alle Roboter – bzzzzt – erstarren.

Die Menschen jubeln.
Das Kätzchen ist leider auch erstarrt.
Hm. Ich würde es ja gern zu dir mitnehmen, aber vielleicht gefällt es ihm gar nicht, von seinen Roboterfreunden getrennt zu werden. Ich streichele es ein letztes Mal und fahre zurück, zurück zu dir.

ODJO ODJO UND DIE TIER-KITA

Hey, hey, hey, ich steige in ein Taxi, und ich sage zum Taxifahrer: »Zur Kita bitte«, und der Fahrer sagt:
»Odjo-odjo?«
»Odjo Odjo! Alter Falter! Wie geht's, wie steht's?«
»Odjo-odjo! Odj–o?«
»Danke, ganz gut! Weißt du, wie man zur Kita kommt?«
»Odjo-odjo«, sagt Odjo Odjo und fährt los, aber er fährt nicht zur Kita. Er fährt raus aus der Stadt auf die Autobahn, dann auf die Landstraße, dann auf einen Waldweg, dann steigen wir aus, weil gar kein Weg mehr da ist, wir laufen durch den Wald und stehen am Ende auf einer großen Lichtung und auf der Lichtung hüpfen sehr viele sehr kleine Tiere herum.
Ein Kaninchenchen hüpft. Ein Zebrachen hüpft. Ein Eichhörnchenchen hüpft. Ein Lamm hüpft und auf dem Lamm hüpft ein Rotkehlchenchen.
Ein Fuchs begrüßt uns. Er sagt: »Willkommen in der Kita für kleine Waldtiere, was bringt euch hierher?«
»Sie sind der Erzieher?«, frage ich.
»Ja, dienstags und donnerstags. Ich bringe den Kleinen bei, schlau zu sein wie ein Fuchs.«
Da kommt das Kälbchen und sagt: »Ich muuu-ss mal Pipi.«
»Mein Schatz, du kannst das doch allein«, sagt der Fuchs.
Das Kälbchen geht allein.
Das Eichhörnchenchen weint. Der Fuchs fragt, was los sei. Das Eichhörnchenchen sagt traurig: »Das Kaninchenchen hat mich am Fell gezogen.«
»Hast du *Stopp!* gesagt?«, fragt der Fuchs.
»Stopp«, sagt das Eichhörnchenchen.
Da stürmt ein Wolf auf die Lichtung. Ich will die Tiere warnen,

aber die rennen alle dem Wolf entgegen und werfen sich auf den Wolf und kuscheln alle weich lachend auf dem Gras.
Der Wolf liest aus einem Buch vor. Eine Geschichte über Menschenjäger. Die Tierkinder haben Angst. Und nicht alle hören zu. Das Reh findet Vorlesen doof. Und das Zebrachen ist schüchtern. Es baut abseits aus Holzklötzen den größten Turm der Welt. Irgendwann kommen alle, um den Turm zu bestaunen. Das Bärchen stolpert und fällt in den Turm. Der Turm stürzt! Alle sind ganz, ganz still. Was wird sein, wird das schüchterne Zebrachen weinen? Das schüchterne Zebrachen weint nicht! Es lacht, weil der Turm so ein fröhliches Geräusch gemacht hat, als er eingestürzt ist. Das Zebrachen und das Bärchen bauen jetzt einen noch größeren Turm.
Und ich? Ich lasse sie mal machen und fahre nach Hause zu dir. Morgen bauen wir beide einen *noch* größeren Turm!

GURKENAMPELN, NEIN

Hey, hey, hey, ich steige in ein Taxi, und ich sage: »Bitte zur Bibliothek.« An der ersten Kreuzung – alle Ampeln sind weg. Wo die Ampeln sein sollten, da sind jetzt große Gurken.
»Stehen bleiben!«, rufe ich.
»Wieso? Ist doch grün«, sagt der Taxifahrer und fährt über die grüne Gurke.
An der nächsten Kreuzung sind alle Ampeln Tomaten. Der Taxifahrer hält an. Sieht ganz gut aus: Riesentomaten auf dem Bürgersteig. Ich steige aus, beiße in die Tomate, sie schmeckt ganz gut.
Wir fahren weiter. Nächste Kreuzung, die Ampeln sind Zucchini. An der gelben Paprika verlangsamt der Fahrer vorsichtshalber, aber die gelbe Paprika wird nicht zu roter Paprika, und mir wird die Sache doch etwas unheimlich, und ich bitte den Fahrer, mich wieder nach Hause zu fahren, zu dir.

TAXI

GURKENAMPELN, JA

Hey, hey, hey, ich steige in ein Taxi, und ich sage: »Bitte zum Flughafen«, und wir fahren los, und die Ampeln sind immer noch Gemüse.
»Jetzt reicht's«, sage ich und bitte die Taxifahrerin, mich rauszulassen.
Hier ist eine Riesengurke. Ich klopfe an der Gurke.
Nichts.
Ich drücke die Gurke.
Nichts.
Ich sage: »Gurke, jetzt reicht's!«
Die Gurke kichert.
Es kichert natürlich nicht die Gurke, hat man schon mal eine Gurke kichern gesehen? Nein, es ist ein Mann mit Zauberhut und Zaubermantel und Zauberstab, der hier entlangschlendert und genüsslich ein Gürkchen knabbert.
»Haben Sie etwas mit den Ampeln zu tun?«, frage ich.
»Nein«, sagt der Zauberer, »ich war das nicht.«
»Was nicht?«, sage ich.
»Ich hab nicht die Ampeln in Gemüse verwandelt.«

Meinst du, er hat die Ampeln verwandelt?

»Mit Essen spielt man nicht«, sage ich.
»Das sagen Eltern ständig«, sagt der Zauberer. »Ich finde«, sagt er, »wenn das Essen aufgegessen wurde, dann darf man damit auch gespielt haben.«
»Die Autofahrer sind verwirrt! Unfälle werden passieren!«
Ein Spatz landet auf der Gurke und pickt sich ein Stückchen raus.

»Die Vögel mögen die neuen Ampeln«, sagt der Zauberer, wedelt mit seinem Zauberstab, und im nächsten Augenblick sitzt auf dem Spatz ein Buchfink, auf dem Buchfink ein Zaunkönig, auf dem Zaunkönig eine Schwalbe, auf der Schwalbe eine Taube, auf der Taube eine Turteltaube, auf der Turteltaube ein Karpfen.
»Ach herrje«, sagt der Zauberer, »der Karpfen war ein Versehen.«
Der Karpfen guckt ganz schön bedröppelt.
Der Zauberer zaubert ihn fort, und die Vögel stochern wie wild auf die Gurke ein.
»Warum haben Sie die Ampeln in Gemüse verwandelt?«
»Ich war wütend.«
»Ich bin auch manchmal wütend, aber ich verwandle dann doch nicht den Himmel in Heidelbeerpudding!«, sage ich.
»Hm, gute Idee eigentlich«, sagt der Zauberer und zeigt mit seinem Stab in den Himmel.

Was, glaubst du, passiert da?

Genau. Sieht auch total gut aus. Schmeckt bestimmt lecker. Puddinghimmel. Wie schön wäre es jetzt, fliegen zu können. Aber so ein Taxi muss erst noch gebaut werden. Es fängt an, Heidelbeeren zu regnen. Da mache ich mich dann doch lieber auf den Weg nach Hause, nach Hause zu dir.

TAXI
1415 TAXI..

DIE SCHRUMPFPIRATEN

Hey, hey, hey, ich steige in ein Taxi, und ich sage: »Fahren Sie mich bitte zu den Piraten.«
Wir kommen an, die Piraten sind weg. Fluss da, Hafen da, Piraten nicht da. Die werden doch nicht plündern gefahren sein, ohne sich zu verabschieden?!

Ich höre jemanden flüstern.
»Hallo?«, rufe ich.
Jemand flüstert: »Hier unten. Ich bin's.«
»*Ich* kann jeder sein! Welcher *Ich* bist du?«
»Der Regenwurm. Hallo, hier!«
Da! Unter einer winzigen Blume hockt ein Regenwurm. Er hält etwas Weißes in der Hand. Hä? Seit wann haben Regenwürmer Hände? Egal. Der Regenwurm liest ab von dem Weiß:

Die Piraten wurden geschrumpft? Ja, aber wo? Der Regenwurm weiß es nicht, er hat das Weiß am Ufer gefunden, dort. Ich suche das Ufer ab. Nirgends Piraten.
Was tun? Geschrumpft heißt: sehr, sehr klein. Der Fluss ist sehr, sehr groß. Es hilft nur eins: Riesenfisch fangen und den bitten, die Piraten zu finden. Wie fängt man einen Riesenfisch?
Der Regenwurm sagt: »Nimm mich als Köder!«
»Wirklich?«

»Mach schon, ich krieg das hin. Ich heiße Ralf, übrigens.«
Okay. Ich lege Ralf, den Regenwurm, auf die Hand und die Hand unter die Wasseroberfläche. Da kommt schon der Riesenfisch. Es ist ein Hecht. Er sieht zufrieden aus, wie alle Fische, die einen Hut tragen.
»Moin«, sagt der Hecht.
»Moin«, sagt Ralf.
»Würde es Ihnen etwas ausmachen, gefressen zu werden?«, fragt der Hecht.
»Ganz und gar nicht«, sagt der Regenwurm, »ich hätte aber erst eine Frage. Haben Sie ein winziges Piratenschiff gesehen?«

»Mit Piraten? Ja, hab ich«, sagt der Hecht. »Bei der Boje drüben. Es ist in Seenot. Also Flussnot.«
»Vielen Dank«, sagt Ralf und sage auch ich und hole den Regenwurm raus, damit er nicht gefressen wird, worauf der Hecht enttäuscht sagt: »Menno.«
Und nun? Na, nix wie rein. Ich springe in den Fluss und schwimme zur Boje. Da sind die Piraten: winzig und süß. Die kleinen Enterhaken und Augenklappen und Kanonen.
»Hilfe«, schreien sie. Sehr laut wahrscheinlich, aber es kommt sehr leise an, weil sie eben so klein sind. Die Wellen schlagen bedrohlich gegen das kleine Schiff. Ich kann die Piraten nicht zurückverwandeln, bin ja kein Zauberer, und der einzige Zauberer, den ich kenne, macht Ampeln zu Gemüse.
Ich nehme die Piraten mit nach Hause. Lasse Wasser in die Badewanne ein, und da schwimmen sie jetzt, hin und her, bis mir – *und dir?* – was Besseres einfällt.

PIRATEN AHOI

Die Piraten sind laut in der Badewanne. Sie streiten, feiern, pupsen. »HO HO HO!«, hört man immerfort. Sie schnarchen, dass Ziegel fallen vom Dach und Zugvögel wegziehen, früher als sie sollten. Sie sind natürlich auch irgendwie sympathisch, die winzigen Krakeeler, doch jetzt ist das passiert: Sie haben in der Nacht die Wanne verlassen, den Kühlschrank irgendwie geöffnet, um dort ein Riesengelage zu veranstalten. Sie haben unseren ganzen Käse gegessen! Die Marmelade auch, sogar die Eier waren weg, und sie haben die ganz sicher nicht gekocht! Die Milch haben sie ausgetrunken, meine Augentropfen übrigens auch, sie dachten vielleicht, das sei Schnaps oder so was.
Der Kühlschrank sah aus! Als hätte – ja, als hätte da eine Piratenbande getobt, so sah es aus. Eine Salamischeibe klebte an der Wasserflasche und überall war Mayo. Ich glaube, sie wollten damit was malen, weiß aber nicht, was, sind keine so guten Maler.
Jedenfalls: Die Piraten können nicht länger bleiben. Auch wenn es wirklich cool ist, allen zu erzählen, dass bei uns Piraten wohnen.
Hey, hey, hey, mit einem Kescher fische ich die Piraten, mitsamt Schiff, vorsichtig aus der Badewanne. Sie zetern erst und beschweren sich, dann finden sie es toll, so durch die Luft geschaukelt und ins Taxi getragen zu werden.
Ich sage dem Taxifahrer: »Zur Elbe bitte.« Ich will gerade die Stelle beschreiben, wohin genau, da ruft der Fahrer: »Odjo odjo?«
Ich freue mich sehr, Odjo Odjo zu sehen, er kennt die Piraten ja auch und müsste theoretisch wissen, wie man zur Elbe kommt. Er gibt Gas und bringt mich ganz woanders hin, war ja klar.
Er bringt mich ans Meer. Das luftige Salz. Das wellige Blau.

Ach, wäre man doch das Meer. Dort, wo nicht zu viel Plastik schwimmt von den Menschen. Und Leute baden in dir und Fische und Algen und alle sind froh.
Die Piraten sind sehr froh. Sie haben das Meer so lange nicht mehr gesehen, die Gischt so lange nicht im Gesicht gespürt, sie haben ganz vergessen gehabt, wie das ist, wenn dir der Wind den Hut vom Kopf klaut und in die Wellen wirft.
Sie haben das Meer vermisst, ohne es zu merken. Das Meer macht die Piraten glücklich – der Wind, das Salz, die Tiefe und das Blau – und das Glück, das lässt die Piraten wieder wachsen. Bald sind sie groß wie Kinder, dann schon groß wie ich. Nur einer, namens Theo, der wollte gern winzig bleiben, und das ist ja auch in Ordnung.
Und da auch ihr Schiff mit ihnen gewachsen ist, können sie auch gleich los. Sie setzen die Segel, winken uns zu und sind bald nur noch ein weißer Fleck am Horizont, lebt wohl, Piraten.
Und ich? Ich sage Odjo Odjo unsere Adresse, denn ich will zu dir, und Odjo Odjo fährt mich natürlich wieder erst woanders hin. Aber irgendwann komme ich natürlich zurück, zurück zu dir.

Top!

Mayo

KUTSCHE, NEIN

Hey, hey, hey, ich steige in ein Taxi und das Taxi verwandelt sich in eine Kutsche. Ich sitze in einer Kutsche.
Will ich aber gar nicht, also steige ich wieder aus und spaziere lieber nach Hause, zu dir.

KUTSCHE, JA

Hey, hey, hey, ich steige in ein Taxi und das Taxi verwandelt sich wieder in eine Kutsche. Diesmal bleibe ich sitzen.
Ich gucke raus: Der Asphalt ist weg. Wir kutschern über einen Feldweg. Der Taxifahrer trägt Lederweste und Cowboyhut. Ich denke: Gleich kommen bestimmt Bisons. Da sind sie auch schon: Esslustig und gemütlich grast eine Herde in der Prärie.
Prärie?!
Ich bin nicht allein in der Kutsche.
Eine Dame, ein Chinese, ein dicker Mann und ein dünner Königspududel sind auch noch da.
Die Dame schläft. Sie schnarcht sehr!
Der Königspududel unterhält sich mit dem Chinesen. Der Pududel spricht Chinesisch. Ich verstehe kein Wort, aber ich ahne: Gleich werden wir überfallen! Der dicke Mann schwitzt nämlich und umklammert eine Tasche auf dem Schoß, als sei darin der wertvollste Schatz des Universums.
Da fällt schon der erste Schuss.
Der Kutscher gibt Gas – also er macht das, was Kutscher halt machen, damit die Pferde schneller werden, und die Pferde werden schneller, und der dicke Mann schwitzt noch mehr, und der Pududel und der Chinese unterhalten sich weiter, als sei nichts.
Draußen jagen maskierte Banditen der Kutsche hinterher.
Ganz ruhig packt der Chinese sein Schlagzeug aus, der Pududel seine Sehrlautetrompete. Trotz der wackeligen Fahrt steht der Pududel auf und bläst die Sehrlautetrompete aus dem Fenster.

Dazu spielt der Chinese ein Schlagzeugsolo. Was für ein Krach! Es ist die lauteste und die schlechteste Musik, die du je gehört hast! Die ist so schlecht, dass die Pferde durchdrehen und über die Prärie nur so fliegen!
Und auch die Banditenpferde würden einen Teufel tun, um der Musik näher zu sein, also hauen die ab! Manch ein Bandit schreit, aufhören bitte, das ist doch nicht fair! Ja, fair ist das nicht, aber es hat uns gerettet und dafür bedanken wir uns beim Chinesen und dem Königspududel.
Eine Sache ist aber sehr unglaublich an dieser ganzen Geschichte: Die schlafende Dame. Sie ist trotz all dem Krach nicht wach geworden! Schnorchelt zufrieden weiter vor sich hin. Bald kommen wir an in einer Stadt, in der ein Zuhause steht. Das ist ja unser Zuhause! Ich bitte den Kutscher, mich vor die Tür zu kutschieren, damit ich es nicht weit habe zu dir, zu dir.

MUSSBLOSS

Hey, hey, hey, ich steige in ein Taxi und sage zum Taxifahrer: »Ich möchte bitte zum …«, aber der Taxifahrer lässt mich nicht ausreden.
»Gehtklar«, ruft er hektisch, »mussbloß unterwegs drin-gend! was erledigen, haben Sie ein Momentchen Zeit?«
»Ja, ein Momentchen hab …«,
»Sehrgut!«, unterbricht der Fahrer mich wieder und düst los. Ich wunder mich natürlich schon, dass er etwas *unterwegs* erledigen will, obwohl er noch gar nicht weiß, wohin sein Fahrgast, also ich, *unterwegs* ist. Ihn darauf anzusprechen, schaffe ich nicht, wir halten nämlich schon an!
»In fünf Sekunden wieder da-a«, trällert der Fahrer und knallt die Tür auf und steigt aus und knallt die Tür zu und geht in einen Kiosk. Ich zähle: Eins, zwei, drei, vier – schon ist er zurück und hat zwei saure Schlangen mitgebracht. Ob ich eine saure Schlange naschen mag, fragt er und wedelt mit einer sauren Schlange vor meiner Nase.
»Das war das Dringende? Saure Schlangen kaufen?«, frage ich und kaue meine sehr saure Schlange.
»Türlichnich!«, ruft der Fahrer. »Ich hatte nur plötzlich sooo eine Riesenlust auf eine saure Schlange!«
Verständlich, denke ich, und finde es auch gut.
»Können wir jetzt …«, sage ich.
»Jaja, nur noch die dringende Sache!«, sagt der Fahrer und düst los. Ich würde wirklich gern sagen, wo ich hinwill, oder habe ich es vielleicht sogar schon gesagt? Hm. Der Fahrer hält wieder an.
»In vier Sekunden wieder da-a«, trällert er fröhlich, knallt die Tür auf und steigt aus und knallt die Tür zu und geht in ein Papiergeschäft.

Ich zähle: Ein, zwei, drei – da ist er schon zurück und hat zwei Packungen Buntstifte mitgebracht. Er wedelt mit den Stiften vor meiner Nase und fragt, ob ich gern mit Buntstiften male.
»Das war das Dringende? Buntstifte kaufen?«, frage ich und male auf meine Hand ein strahlend gelbes Taxi.

(Übrigens darfst du sehr sehr gern in diesem Buch mit deinen Buntstiften malen, ich erlaube es dir! Hab das auch mit deinen Eltern, Großeltern und Kuscheltieren abgesprochen, sie erlauben es auch! Du darfst Taxis malen, oder auch saure Schlangen! Oder ein fliegendes Nashorn! Oder eine Lampe mit Frisur! Oder etwas, das stinkt! Oder einen Buntstift namens Herrmann!)
Während ich hier mit dir so quatsche, düst der Taxifahrer wieder los, ohne mich zu fragen, wo ich überhaupt hinwill. Nun hält er vor einem Tierladen, knallt die Tür auf, steigt aus, knallt die Tür zu und geht in den Laden rein.
Du ahnst es bestimmt: Eins, zwei – und zurück kommt er mit zwei Hamstern, und einen will er mir schenken. Das passt tatsächlich gut, ich überlege seit Wochen, ob ich mir ein Haustier zulegen soll. (*Solltest du dir auch überlegen! Muss auch kein Hamster sein. Ein kleines fliegendes Nashorn wäre doch ein prima Haustier, nein?*)
Mein Hamster ist übrigens superneugierig. Die ganze Zeit fragt er irgendwas. Wo fahren wir denn hin? (Keine Ahnung). Was riecht hier so gut? (Saure Schlangen). Ob er auch mal ans Lenkrad darf? (*Darf er?*).
Und während ich mit dem Hamster so quatsche, fährt der Taxifahrer weiter und hält diesmal vor einem kleinen weißen Haus mit einem kleinen weißen Dach, knallt auf, steigt aus, knallt zu, geht hinein.
Ich kann nur bis eins zählen, schon ist er zurück und hat zwei Eimer weiße Farbe mitgebracht. Einen Eimer schenkt er mir, und weil ich so eine Riesenlust darauf habe, gieße ich die weiße Farbe über die nächste Seite. Guck mal, wie viel Weiß da jetzt ist!

»So«, sagt der Fahrer. »Jetzt können wir endlich – wo möchten Sie überhaupt hin?«
Ich sehe mir das viele Weiß an und denke: Wie schön es wäre, wenn hier das Zuhause wäre in dem Weiß! Da will ich ja am liebsten hin, nach Hause zu dir. Und das sage ich auch:
»Nach Hause«, sage ich also, und der Fahrer sagt:
»Gehtklar! Mussbloß unterwegs drin-gend! was erledigen, haben Sie ein Momentchen Zeit?«

BUS

Hey, hey, hey, ich steige in ein Taxi und ich denke, das ist schon toll, dass ich so viel Taxi fahren kann. Es ist nämlich so, dass sich das Taxifahren nicht jeder leisten kann. Eine Busfahrkarte kostet drei Euro, eine Taxifahrt für die gleiche Strecke zehn oder sogar zwanzig Euro. Das Taxi ist manchmal schneller, manchmal steckt man aber im Stau. In einer fremden Stadt scheint es einfacher zu sein, mit dem Taxi ans Ziel zu kommen, da die Fahrer und Fahrerinnen sich auskennen, aber sich mit Bus und Bahn zurechtzufinden, das ist auch kein Hexenwerk.

Ich steige also wieder aus, und –

– hey, hey, hey, ich steige in den Bus. Im Bus ist Party. Alle werfen die Arme in die Luft und lachen und drehen sich umeinander und eine bunte Lampe kugelt sich unter der Decke. Ich kann gar nicht anders als mitzutanzen.

Ein Opa steigt ein. Und der Opa wirft die Arme in die Luft, lacht und schwingt die Hüften.

Da steigt eine Oma ein. Und die Oma headbangt heftig und spielt Luftgitarre.

Da steigt eine Ameise ein. Und die Ameise flippt völlig aus zur Musik, sie krabbelt dem Fahrer unter die Mütze, hängt dort noch eine bunte Lichtkugel auf und lädt zur Insektendisko ein.

Bienen schwärmen ein und Schmetterlinge. Sie tanzen im Reigen und drehen wilde Schleifen im Flug.

Dann steigt die Polizei ein und sagt: »Musik aus!«

Alle sind perplex und enttäuscht und auch sauer.

Da holt die Polizei sehr viele Trompeten aus dem Mantel und spielt ein noch tanzigeres Stück! Jetzt gibt es kein Halten mehr.

Sogar die Sitze schwofen.
Eine Rollstuhlfahrerin tanzt Pirouetten mitten im Bus. Vier kleine Dinosaurier gesellen sich dazu, tanzen den Twist, wollen dann die Rollstuhlfahrerin anknabbern, werden in letzter Sekunde von einer Meute Eiskunstläuferinnen abgelenkt, und dann war es sowieso bloß ein Spaß, es sind nämlich Vegetarierdinosaurier.
Da kommt leider meine Haltestelle, ich steige atemlos aus und freue mich auf gleich, wenn ich nach Hause komme, auf das Tanzen demnächst, Tanzen mit dir.

DIE ZWERGE UND DER DRACHE II

Hey, hey, hey, ich steige in ein Taxi, und der Fahrer ist ein Zwerg, und ich ahne gleich, was los ist, du sicher auch, wir ahnen, dass Fieberthermometer wieder Mist gebaut hat, und so ist es auch – der Taxizwerg sagt: »Fieberthermometer hat wieder Mist gebaut.«
»Was ist es diesmal?«, frage ich.
»Er hat Besi *ausgeliehen*«, sagt der Fahrer und düst durch den Puddingbriefkasten.
»Wer ist Besi?«
»So nennt der Drache seinen liebsten Haushaltshelfer, einen diamantbesetzten Besen.«
»Oha.«
»Oha, fürwahr. Der Drache ist so sehr sauer, gestern hat er unsere Höhle den ganzen Tag mit Schieffischen beworfen.«
»Was sind denn Schieffische?«
»Sag mal, wo lebst du denn? Schieffische sind eine Spezies ganz besonders schief singender Fische. Wenn man die aus dem Wasser nimmt, singen sie los, treffen aber keinen Ton, halten den Takt nicht, eine komplette Katastrophe.«
An der Zwergenhöhle angekommen empfängt uns das Gekreische der Fische. Es sind vor allem Karpfen. Erstaunlich, wie mies ein Karpfen singen kann, aber noch erstaunlicher, wie mies siebzehn Karpfen singen können, wenn sie versuchen, *Flunder Jakob* a cappella zum Besten zu geben, ein bekanntes Lied, das gar nicht so bekannt klingt, so wie die das singen.
»Gut, dass du da bist, Mensch«, ruft die Zwergenkönigin über das Gequake. »Der Drache hat uns bis zum Abend Zeit gegeben, ihm seinen Besen zurückzugeben, sonst … oh weh, oh weh … sonst will er auch die Knurrhähne holen.«

»Das sind auch … Schieffische?«

»Übelste Sorte! Daher der Name.«

»Was genau ist das Problem?«, frage ich, obwohl ich schon wieder ahne, was das Problem sein könnte. »Gebt ihm den Besen, und gut ist.«

»Wir haben den Besen nicht!«, schreien alle Zwerge und auch alle Fische schreien es.

Die Zwerge suchen den Besen wohl schon länger, die Höhle sieht aus wie dein Zimmer an einem gut gespielten Tag: Die Schubladen ausgeleert, die Möbel verrückt, die Stalaktiten abgeschraubt, überall liegt Zeug. Ein Zwerg hat sogar Löcher in die Felsen gebohrt und guckt da nach dem Besen, doch die Löcher sagen: »Nee, hier ist der Besen auch nicht.«

»Warum fragt ihr nicht Fieberthermometer, wo der Besen ist?«

»Fieberthermometer ist auch weg«, ruft die Königin. »Oh weh, oh weh!«

»Vielleicht ist er beim Drachen?«, sage ich, weil ich mir denke, von Fieberthermometer muss man immer das erwarten, was am wenigsten zu erwarten ist.

Die Zwerge hören sofort auf mit der Sucherei.

»Oh weh, oh weh«, sagt die Königin, »das kann schon sein. Wir waren …«

»Was wart ihr?«

»Wir waren streng mit ihm. Wir haben gesagt, er hat's mit dem Besen verbockt, also muss er es selbst geradebiegen. Da wurde er traurig und später war er weg.«

»Ja, dann los!«, rufe ich und gehe vor die Höhle, wo die Fische *Ein Fischlein schwimmt im Walde* sägen. Ich stecke ein paar Fische in den Kofferraum und steige ins Taxi. Die Zwergenkönigin kommt mit sowie Nudelsieb, der beste Freund von Fieberthermometer.

Eine Stunde und einige lausige Lieder später parken wir unter dem Gipfel. Sollte der Drache zu Hause sein, hat er die Fische längst gehört. Und so ist es auch: Aus einer Hängematte vor der Höhle mustert der Drache unser Näherkommen. Er begrüßt uns mit einem gespienen Feuerchen.
»Solth hoher Betsuch! Die Tswergenkönigin! Und der Mens! Was führt eus in mein betseidnes Reis!«
Das, was uns hergeführt hat, fegt gerade die Höhle mit einem, für seinen Wuchs, übergroßen, bunt glitzernden Besen: ein bunthaariger Zwerg.
»Fieberthermometer!«, ruft Nudelsieb den Namen seines Freundes, doch der fegt einfach weiter.
»Der Besen«, sagt die Königin, »der ist ja hier.«
»Tso ist es!«, lispelt triumphierend der Drache. »Da bleibt er auch. Genau wie euer freser diebiser Kamerad. Den behalt ich für immer, damit er nist mehr klauen kann! Er will auch gar nist weg. Fragt ihn ruhig.«
Nudelsieb ruft seinem Freund zu: »Geht es dir gut, Fiebri?«
»Mir. Geht. Es. Gut«, sagt Fieberthermometer und klingt gar nicht gut.
»Komm, Fiebri, wir gehen. Lass den Besen einfach liegen«, sagt die Königin.
»Ich. Bleibe«, sagt Fieberthermometer.
»Ich glaube, er ist verzaubert«, flüstere ich.
»Zauberei ist verboten!«, flüstert die Zwergenkönigin.
»Das ist dem hier«, sage ich und zeige auf den Drachen, »ziemlich wurst.«
»Tstimmt«, sagt der Drache.
»Fiebri? Ich bin es doch, Nudelsieb. Komm mit. Willst du denn nicht mehr Höhlengrolme reiten mit mir und bei der Schnarchmeisterschaft den dritten Platz belegen?«

Feuerwittchen und die Drächlein

»Kenne. Kein. Nudelsieb«, sagt Fieberthermometer.
Da schluchzt Nudelsieb, und eine Träne kullert ihm über die Wange. Wie auf ein Zeichen stimmen die Schieffische ein extrem trauriges Lied über Freundschaft an, etwas mit *Fischen ohne Schwarm, einigen ist kalt, einigen zu warm*, und es klingt entsetzlich und macht auch keinen Sinn und eigentlich ist es auch nicht wirklich traurig, so schlecht singen die, doch der Drache seufzt und hat Mitleid. Er wedelt mit dem Flügel, im nächsten Augenblick sieht sich Fieberthermometer verwirrt um, als sei er gerade aufgewacht.
»Nudelsieb? Königin? Was ... was ist hier los?«
»Vertswindet alle!«, ruft der Drache. »Eints aber tsollt ihr witsen: Daths nächtste Mal werde ich nist tso gnädig tsein!«
Fieberthermometer stellt den Besen vorsichtig ab und steigt mit ins Taxi. Wir fahren los, die Fische krakeelen. Ich bitte Fieberthermometer, gleich nachzusehen, ob er nicht wieder was hat mitgehen lassen, da wird er fast sauer, so was würde er doch nie machen.
»Ich hab bloß ein Geschenk für Nudelsieb«, sagt er und überreicht seinem Freund einen goldenen Armreif, der beim genauen Hinsehen eher wie ein Ring für ein größeres Wesen aussieht, vielleicht für einen Drachen, das würde jedenfalls DAS DRACHENWAPPEN DRAUF ERKLÄREN, UND HINTER UNS SCHWINGT DER DRACHE SICH IN DIE LUFT UND DIE FISCHE SCHREIEN »WEEEEG HIER!!!« UND DER TAXIFAHRERZWERG GIBT GAS UND ich denke, es ist genau jetzt der beste Zeitpunkt, aus dieser Geschichte zu steigen und zurückzukommen nach Hause, nach Hause zu dir.

DAS SPRECHENDE LOCH

Hey, hey, hey, ich steige in ein Taxi, und ich sage: »Fahren Sie mich bitte zum Kohlekraftwerk.«

Da ist ein Riesenloch in der Straße. Wir kommen nicht vorbei.

Das Loch sagt: »Guten Tag, die Herrschaften. Haben Sie heute darüber nachgedacht, mit öffentlichen Verkehrsmitteln, dem Fahrrad oder zu Fuß an Ihr Ziel zu gelangen?«

Der Taxifahrer sagt: »Taxifahren ist mein Beruf.«

Ich sage: »Ich hatte es eilig.«

Das Loch sagt: »Hätten es die Menschen nicht so eilig, ginge es unserem Planeten besser.«

»Ich habe einen wichtigen Termin«, sage ich.

»Setzen Sie sich aufs Fahrrad und fahren Sie früher los.«

»Ich hab kein Fahrrad«, sage ich. Das stimmt zwar nicht, ich lasse mir aber nicht von einem Loch sagen, was ich tun und lassen soll!

»Man kann sich Fahrräder ausleihen«, sagt das Loch. »Autos verschmutzen die Luft, sind laut und überfahren Löcher.«

»Ich hab nie gelernt, Fahrrad zu fahren«, sagt der Taxifahrer. Er klingt traurig.

»Es gibt ja Bus oder Bahn. Gerade, wenn das Ziel weit ist.«

»Sie sind aber ein strenges Loch«, sage ich.

»Welche Marmelade ist das an Ihrer Nase?«, fragt das Loch.

»Pflaume«, sage ich.

»Und nun?«, fragt der Taxifahrer.

»Ihnen bringe ich das Fahrradfahren bei«, sagt das Loch, »und Sie«, sagt es zu mir, »Sie gehen nach Hause, nehmen Ihr Rad und radeln zum Kohlekraftwerk.«

»Ich sagte doch, ich hab kein ...«

»Doch. Haben Sie. Ein rotes Rennrad.«
»Woher wissen Sie das?«
»Ich bin ein allwissendes Loch.«
»Wie wird das Wetter heute?«
»Gleich fällt vom Himmel ein Frosch auf Ihren Kopf.«
Da quakt es, und schon hockt einer auf meiner Mütze.
»Guten Quak«, sagt der Frosch.
Der Taxifahrer sitzt auf einem Fahrrad und kann schon recht gut das Gleichgewicht halten.
So komme ich hier nicht weiter, ich will auch nicht weiter. Ich will nach Hause, nach Hause zu dir. Und an einem der nächsten Tage machen wir eine Fahrradtour.
Oder gehen Löcher oder Frösche besuchen. Quak.

DIE ZWERGE UND DER DRACHE III

Hey, hey, hey, ich steige in ein Taxi, und der Fahrer ist ein Zwerg, es ist also wieder mal so weit: Fieberthermometer hat ein Problem.

»Fieberthermometer hat ein Problem!«, ruft der Zwergfahrer. Sein Bart wächst nicht nach unten, sondern gerade nach vorn, sodass er mir mit der Spitze fast ins Auge sticht, wenn er sich mir zuwendet. »Du musst uns helfen«, ruft er verzweifelt, »ich hoffe, du hast Zeit.«

»Hab leider keine Zeit«, sage ich, aber das ist dem Zwerg herzlich egal.

»Das ist mir herzlich egal«, sagt der Zwerg und fährt uns durch den Puddingbriefkasten.

Auf der anderen Seite in Norzwergen (so heißt übrigens das Zwergenland) ist nichts verbrannt und verkohlt. Die Natur hat sich seit der letzten drachischen Verwüstung erholt, ein paar Zwergbüsche büscheln im Wind, es hoppeln Zwergkaninchen durch die Gegend, und Zwergpapageien schnäbeln entspannt in Bonsaibäumen herum.

»Ganz schön friedlich alles«, sage ich.
Der Zwergfahrer dreht den Kopf und sticht mir mit dem Bart fast ins Auge. »Ja, ja«, sagt er, »wart nur, bis du siehst, warum das so ist …« Er steuert die Zwergenhöhle an. Vor der Höhle hocken fünfzig Zwerge im Kreis und grübeln. Die Zwergenkönigin grübelt, indem sie das Kinn auf die Faust stützt. Nudelsieb, der beste Freund von Fieberthermometer, grübelt, indem er sich mit dem Finger auf die Nasenspitze tippt. Fieberthermometer ist auch da! Auch er grübelt: »Hm, hm, hm«, grübelt er und guckt in den Himmel, als erwarte er, dass von oben die Idee, wie man das Problem lösen könnte, auf seine wuschelige Frisur fällt. (*Wie grübelst du eigentlich?*)
Apropos Problem: »Hallo! Wo brennt es denn?«, rufe ich.
Die Zwergenkönigin sagt: »Ach, endlich. Gut, dass du Zeit hattest für uns.«
»Hatte ich nicht wirklich …«
»Es brennt noch nirgends, aber der Zwerr Fieberthermometer (*»Zwerr« ist Zwergisch für »Herr«*) zeigt dir bestimmt gern, wo das Problem, ahm, schläft …«
»So gern eigentlich nicht«, sagt Fiebri leise und geht vor.
In der Höhle verkündet die Dunkelheit mit tiefem Flüstern: »Hallöchen!« Wir sind nicht allein. Etwas schnarrt, etwas schabt, etwas – schnarcht? Noch recht leise – *noch*.
»Mir nach«, flüstert Fieberthermometer und leuchtet mit einer Laterne, in der sehr viele Glühwürmchen sehr gute Laune haben, den Weg. Wir verlassen die Eingangshalle, biegen nach da ab, dann nach da, dann noch nach da. Die Decke wird immer niedriger, bis ich nur auf Händen und Knien vorankomme, was Fieberthermometer herrlich lustig findet.
»Fiebri«, flüstere ich, »sag doch mal, was ist denn los?«
»Na ja«, sagt Fieberthermometer und räuspert sich.
»Der, der da schnarcht? Ist es der, von dem ich denke, dass er es ist?«

»Wenn du an den da denkst, ja«, sagt Fieberthermometer und bleibt stehen. Vor uns weitet sich der Tunnel zu einer riesigen Höhle, in der, geschmiegt in den eigenen mächtigen Schwanz, der Drache friedlich pennt (*Wovon träumen Drachen eigentlich?*).
»Sag mal, Fiebri, hast du …«
»Ja«, sagt Fieberthermometer, »ich hab den Drachen geklaut.«
Ich will mich darüber wundern und viele Fragen stellen, doch der Drache regt sich. Vielleicht sprachen wir zu laut, er öffnet ein Auge. Die Pupille: lustig lila guckt sie hin und her. Und Fieberthermometer? Singt! Leise und lieblich:

Kleines Zwerglein leicht und fein
Schlaf doch lieber wieder ein
Will das Zwerglein nämlich wachen
Holen es die großen Drachen

Ein zwergisches Einschlafliedchen! Ziemlich schrecklich. Aber: es funktioniert! Der Drache schließt das Auge und schnarcht wieder los.
»Fiebri, wie hast du den Drachen hierhergekriegt?«
»Na, mit der Schubkarre da«, Fieberthermometer zuckt mit den Schultern. Ich sehe die Schubkarre, sie ist winzig. Wie Fieberthermometer den riesigen Drachen damit transportieren konnte, interessiert mich schon, aber viel dringender interessiert mich das: »Warum, um Himmels willen, klaut man einen Drachen?!«
»Es war so«, sagt Fieberthermometer. »Ich ging *zufällig* in der Drachenhöhle wandern und sah das da funkeln und blünkeln.«
Fieberthermometer wagt sich ganz nah an den Drachen heran und zeigt mir einen funkelnden und blünkelnden, mit Edelsteinen besetzten Reif an dessen Bein.
»Hast du den nicht neulich schon geklaut?«
»Ach, ihr Menschen, ihr könnt nicht mal einen Armreif von einem Beinreif unterscheiden!«

»Aber was macht der Drache … nein, warte, lass mich raten: Du wolltest eigentlich diesen … diesen Beinreif mitgehen lassen, hast ihn aber nicht abgekriegt, also nahmst du den ganzen Drachen mit?«

»Also findest du auch, das war eine gute Idee!«, sagt Fieberthermometer. »Ich hatte vor, ihm hier in aller Ruhe das Schmuckstück abzunehmen.«

»Fiebri, das ist die schlechteste Idee des Universums!«

»Hab's erst mit Butter versucht, dann mit einer Säge, dann mit Magie, aber der Beinreif war ein echter Trotzkopf …«

»Fiebri, du wolltest mit einer Säge den Beinreif eines Drachen durchsägen?«

»Hab's schnell sein lassen, ich will den Drachi ja nicht verletzen.«

»Okay. Warte. Der Drache weiß ja nicht, dass du ihn geklaut hast, oder?«

»Nee.«

»Vielleicht wird er dann auch gar nicht sauer, wenn er aufwacht.«
»Ja richtig!«, ruft Fiebri sehr erfreut (und sehr laut). »Es gibt ja so was, nennt sich Schlafdracheln, da wandeln die Drachen im Schlaf, und wenn sie aufwachen, wissen sie nicht, wie sie da hingekommen sind! Vielleicht wacht Drachi auf, denkt, er ist schlafgedrachelt, und fliegt einfach weg!«
Zu laut, Fiebri! Der Drache reißt die Augen auf, sieht den Zwerg und schimpft drauflos. »Du tson wieder! Hab ich dir nist gesagt, ich fress diss mit Bart und Sstiefel, wenn ich diss noch mal tsehe!«
Fiebri, unglaublich!, singt einfach wieder los:

In der großen Traumwelt
Hast du Glück und bist ein Held
Kleines Zwerglein träum dich weg
Sonst macht der Drache dich zu Speck

Also zwergische Einschlaflieder sind ganz schön hart. Aber bringen es voll! Gerade noch wach und wütend, pennt der Drache wieder friedlich ein. Sein Schnarchen riecht wie Lagerfeuer.
»So, Fiebri, hör jetzt zu«, flüstere ich.
»Ich hör schon die ganze Zeit zu«, flüstert Fiebri.
»Pass auf!«
»Ich pass ja auf!«
»Wenn du den Drachen auf der Schubkarre herschleppen konntest, kannst du ihn doch auf der Schubkarre auch zurückschleppen.«
»Haben wir schon versucht«, sagt der Zwerg. »Der Hinweg war leicht, geht ja nur bergab, das Teil flitzte ungebremst runter. Guck, die Beule da, die hat der Drachi sich zugezogen, weil er bei der Ankunft aus der Schubkarre gepurzelt ist. Interessant, davon ist er nicht wach geworden ...«

»Oder wurde direkt ohnmächtig, du Profi!«
»Hm, ja. Jedenfalls, der Rückweg – na ja, schau selbst …«
Fieberthermometer zeigt zum Gebirgsgipfel, knapp unter der Wolkendecke. »Dort oben wohnt er. Ist viel zu steil, wir mussten aufgeben und ihn wieder herrollen, dabei ist er noch mal rausgepurzelt und hat sich die zweite Beule da geholt.«
»Ihr könntet ihn doch einfach draußen lassen.«
»Einen armen, alten, kränklichen Drachen? Du bist ja fies! Er verkühlt sich da nur!« Fiebri sieht mich empört an.
»Der Drachi ist 627 Jahre alt! Das ist auch für Drachen nicht mehr jung. Heute ist übrigens sein Geburtstag.«
»Moment mal …«
»Weißt du was? Wir wecken ihn einfach und bringen es hinter uns.«
»Nein, Fiebri, warte!«
»Er wird mich fressen, aber meine Freunde müssen sich nicht mehr fürchten.«
»Fiebri, jetzt halt doch mal den Rand! Ich hab 'ne Idee!« Ich flüstere die Idee so leise in das Zwergenöhrchen, dass das gar nicht rauskommt aus dem Buch! Und wir machen uns auf den schnellen Rückweg, um den anderen die Idee vorzuschlagen.

Ja, und die anderen haben seeehr skeptisch gezwergt, während ich ihnen die Idee erklärt habe. (*Kennst du das Wort, skeptisch? Skeptisch bedeutet, man glaubt nicht so ganz, dass etwas sein kann. Ich bin z. B. skeptisch, wenn jemand gerne aufräumt. Oder wenn jemand sagt, dass Drachen gar nicht existieren.*)
Sie haben miteinander beraten und dann doch zugestimmt und angefangen, die Idee zu organisieren.
Tagesdecke, die Zwergin mit den geflochtenen Zöpfen, hat einen Kuchen gebacken.
Abtropfgestell, der Zwerg mit einer Zahnprothese, hat Lametta geschnibbelt.

Bratpfanne, die Zwergin, die gerne brät, und Holzhammer, der Zwerg, der gern Bäume fällt, haben Feuerholz gesammelt.
Naschschublade, die gern naschende Zwergin, hat Naschkram geholt.
Waschbecken, Salzstreuer und Schuhlöffel haben Geschenke besorgt.
Fieberthermometer hat gejammert, »oje, oje, was wenn das schiefgeht?«
Nudelsieb hat seinen untröstlichen Freund getröstet.
Und die Zwergenkönigin hat persönlich Zwergtauben ausgesandt ins Drachengebirge mit Einladungen …
Einladungen? Spätestens jetzt ahnst du bestimmt, was die Zwerge vorbereiten. Wofür braucht man Einladungen und Kuchen, Lametta und Girlanden und auch Geschenke? Richtig! Für eine Geburtstagsparty! Eine Drachen-Überraschungsparty sogar! (*Was würdest du eigentlich einem Drachen schenken?*)
Ein paarmal muss Fieberthermometer den Drachen in den Schlaf singen, bis die Gäste – drei dreiköpfige Dackeldrachen aus dem Drachengebirge und beste Freunde von unserem Drachi – ankommen und die Höhle, in der der Drachi schläft, geschmückt ist.
Ich helfe, den großen Tisch zu decken. Es gibt ganz viel Brokkoli, weil Brokkoli ist – das weiß man ja – von jedem Kind und jedem Drachen die Lieblingsspeise.
Alles sieht super aus, ehrlich! Festlich bunt und froh, und überall lodern kleine Feuer und auf dem Riesenkuchen brennen 627 Kerzen. (*Es sind eigentlich nur 311, mehr passt nicht drauf, merkt der Drache aber sicher nicht …*)
Nun soll der Drache geweckt werden und alle werden »Überraschung!« rufen und so tun, als wäre der Drache nicht von einem diebischen Zwerg entführt worden, weil der ihn beklauen wollte, sondern von Freunden, weil sie seine Überraschungsparty vorbereitet haben!

Waschmaschine, die musikalische Zwergin, trällert ein Weckliedchen auf ihrer Flöte. Weil so was aber keinen Drachen der Welt weckt, *wahrscheinlich weckt es nicht mal dich*, versucht sie es mit einem donnernden Schlagzeugsolo. Da springt der Drache tatsächlich aber so was von auf aus dem Schlaf und speit vor lauter Schreck eine Flamme! Ein paar Girlanden fangen Feuer sowie kurz auch der Geradeaus-Bart von meinem Zwergfahrer.
»Überraschung!!!«, rufen nun alle auf einmal.
Der Drache guckt verwirrt. Eine seeeehr lange Pause entsteht. Alle starren den Drachen an. Alles könnte jetzt geschehen! Der Drache könnte wütend werden oder froh.
Da tritt Fieberthermometer aus der Menge. Auch er hat ein Geschenk für den Drachen – sein Lieblingsgoldding, eine Krone, die er vom Koboldkönig persönlich geklaut hat.
(»Ach, du warst das!«, ruft der Koboldkönig aus einer anderen Geschichte, die ich dir morgen erzählen werde.)
»Für dich«, sagt Fieberthermometer und umarmt Drachis Bein. »Alles Gute zum Geburtstag.«
Die Drachenmiene hellt sich auf. Der Drache pustet ein fröhliches Feuerchen knapp an Fiebri vorbei, und da gibt es dann kein Halten mehr – die Zwerge und die Dackeldrachen stürmen die Höhle, umarmen den Drachi, gratulieren und singen und tanzen und fressen Brokkoli!
Eine tolle Party, schade, dass *du* keine Zeit hattest an dem Tag. Der Drache hat sogar eine kleine Rede gehalten: »Liebe Freunde und Freundinnen und Fieberssermomesser. Vielen Dank für diese Überrassung! Ich sehe, es sind zu wenige Kerssen auf dem Kuchen, aber daths macht nichs, was ssählt, ist, daths ihr an miss gedacht habt! Auch mag ich Brokkoli gar nicht. Und hat jemand ssufällig meinen Beinreif gesehen? Vorhin hatte ich ihn noch am Bein?«
Was danach geschehen ist, weiß ich nicht – in dem Moment habe ich mich ziemlich schnell aus dem Staub gemacht. Um dort zu sein, wo es sicher ist, bei dir, so gern bei dir.

DIE HELDIN, DIE KEINE HELDIN SEIN WOLLTE

Hey, hey, hey, ich steige in ein Taxi, und das Taxi verwandelt sich in eine Geschichte. In der Geschichte will eine Heldin keine Heldin mehr sein. Also doch, schon noch Heldin, aber nur noch montags und freitags. An anderen Tagen will sie nicht mehr gegen das Böse kämpfen oder für das Gute streiten. Sie will auch nicht die tapfere Prinzessin sein und nicht die waghalsige Piratin, ja nicht mal die listige Füchsin will sie sein. Einfach auf einer Wiese liegen und den Schwalben zugucken, das will sie. Essen und trinken und spielen und selbst Geschichten lesen oder sich welche ausdenken, in denen sie aber selbst nicht vorkommt.

Gefährliche Aufträge nimmt sie ab sofort nicht mehr an. Auch montags und freitags nicht. Es

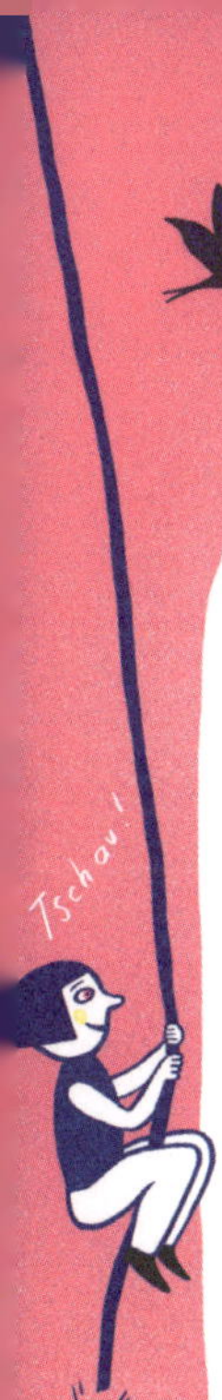

wird kein doofer Prinz in Not mehr gerettet, kein Brand gelöscht und kein Monster veräppelt. Soll jemand anderes übernehmen. Sie will nur noch das machen, was sie immer schon machen wollte, das aber in Geschichten nie vorkam. Sie durfte zum Beispiel noch nie ein schönes Vogelhaus bauen in einer Geschichte. Oder einen Birnbaum pflanzen. Oder fernsehen drei Tage am Stück. Das alles ist aber toll und sie will alles Tolle.

Mutig und stark sein möchte sie auch nicht mehr. Oder doch. Schon noch mutig und stark, wenn das wirklich, wirklich gebraucht wird. Sie würde ganz gern auch mal feige und schwach sein. Ja. Helfen ist super, aber Hilfe kriegen ist doch auch super. Sie will mal in einem Büro etwas kopieren mit einem Kopierer. Das machen Helden nie! Ist doch auch mal spannend, oder? Und Geld dafür kriegen wie die meisten Leute, statt immer auf Könige angewiesen zu sein oder Schätze zu suchen, und dann sind die Schatzkisten viel zu schwer und man muss die Hälfte dalassen, weil man nicht alles schleppen kann.

Dann von dem Geld einen Garten kaufen mit Birnbäumen, weil das ihre Lieblingsfrucht ist, die Birne, und all ihre Freunde in den Garten einladen. Sie hat ja viel zu wenige Freunde.

Als Heldin bist du meist alleine auf irgendwelchen Abenteuern. Auch das muss sich ändern, mehr Freunde sollen her!
Die Heldin, die keine mehr sein möchte, möchte mit Freundinnen im Garten an einem langen Tisch sitzen und Birnenkuchen essen. Gastgeberin sein möchte sie. Heldinnen sind kaum je Gastgeberinnen.
Dazu noch ein Haustier, ein ferngesteuertes Auto und einen leuchtenden Pinguin. Eine Lampe, keinen echten Pinguin.

Was hättest du gern?

Die Heldin will keine Heldin mehr sein. Sie will in Geschichten etwas tun, das niemandem etwas bringt. Es war einmal eine Heldin, die auf einem Esel alle Brücken der Stadt überquert hat. Einfach, weil es Spaß bringt und weil sie Esel mag.
Sie will genau jetzt etwas erfinden. Sie erfindet genau jetzt ein Spiel, bei dem alle durcheinanderrennen und sich dabei an die Nase fassen. Und sie will einen Kometen benennen, er soll »Kaktus« heißen. Ist doch ein super Name! Leute, hier kommt Kaktus, der Komet!
Manche werden sagen: »Helden sind das Beste, wir verstehen dich nicht.«
»Da habt ihr es schon«, wird sie antworten. »Ich will gar nicht *das Beste* sein. Ich will das Mittelste sein.«
Heute wollte die Heldin mal ein Taxi fahren. Sie fährt also diese Taxigeschichte. Ich steige in ihr Taxi und sie erzählt mir, was sie gestern glücklich gemacht hat: Den halben Tag mit Birnen zu jonglieren.
Das neue Leben gefällt ihr gut.
Und jetzt ist sie hier, hier bei dir.

Weißt du was? Du könntest eines Tages wie sie sein. Oder ganz anders. Eine ganz andere Geschichte. Keine Geschichte ist ganz leicht, und manchmal aber doch, und keine wird hoffentlich ganz schwer. Sie wird sich ganz bestimmt aber: erzählen lassen. Wie du Heldisches tust. Oder auch nicht. Wir finden jedenfalls Worte dafür, du und ich.

ZUKUNFT

Hey, hey, hey, ich steige in ein Taxi, und ich sage, fahren Sie mich bitte zum Torben, doch der Taxifahrer versteht mich falsch und fährt mich zum Morgen. Wir fahren in die Zukunft! Und das ist super, weil morgen das Wochenende beginnt. Du und ich, wir spielen den ganzen Vormittag wie wild, machen nur für das Essen eine kleine Pause (es gibt Gummibärchen mit Gemüse). Danach radeln wir in den Wald, begegnen einem Reh, bauen ein Zelt aus Ästen, vergraben einen Schatz und finden einen anderen, tanzen und singen, ein wirklich schöner Tag.
Jetzt ist er auch schon vorbei, der Tag, ich bringe dich ins Bett und lese dir eine Geschichte vor. In der Geschichte steige ich in ein Taxi und fahre zurück nach Heute. Ich freue mich heute, dass morgen kommen wird und Wochenende und wir den ganzen Vormittag spielen werden wie wild.
Aber erst muss ich noch zu Torben. Doch der Taxifahrer versteht mich wieder falsch und fährt mich wieder zum Morgen. Aber weißt du was? Mir macht das nichts aus, er fährt mich nämlich zu dir, gestern, heute und morgen, immer wieder zu dir.

TAXIGESCHICHTEN

MIX
Papier aus verantwortungsvollen Quellen
FSC® C084279

Penguin Random House Verlagsgruppe FSC® N001967

1. Auflage
Genehmigte Taschenbuchausgabe Oktober 2022
btb Verlag in der Penguin Random House Verlagsgruppe GmbH,
Neumarkter Str. 28, 81673 München

Texte: Saša Stanišić
Illustrationen und Gestaltung:
Katja Spitzer | www.katja-spitzer.de
Das Taxi auf dem Vorsatz sowie die Insekten in der Geschichte *Bus*
hat Nikolai gezeichnet.
Satz: Uhl + Massopust, Aalen
Druck und Einband: Print Consult
cb · Herstellung: IH
Printed in Slovak Republic
ISBN 978-3-442-77182-0

www.btb-verlag.de
www.facebook.com/btbverlag
www.mairisch.de